ベリーズ文庫

双子を極秘出産したら、エリート外科医の容赦ない溺愛に包まれました

皐月なおみ

STARTS
スターツ出版株式会社

目次

双子を極秘出産したら、エリート外科医の容赦ない溺愛に包まれました

双子を極秘出産したら、エリート外科医の容赦ない溺愛に包まれました

プロローグ　再会は突然に

少し消毒液の匂いがする夜間救急診療所の待合室で、谷本葵は、名前が呼ばれるのを待っている。午後十時をまわっている今、患者は自分たちだけだった。

右の膝の上では一歳の息子の悠馬が頭を乗せてすやすやと寝息を立てている。もう一方の膝には散々泣いて頬に涙の跡がついたままのもうひとりの息子晴馬がくっついていた。おでこに貼られた血の滲むガーゼが痛々しい。

「谷本さん」

名を呼ばれて葵は「はい」と答えるが、子供ふたりがくっついていてすぐには動けない。年配の看護師が向こうから近寄ってきてくれる。そして思わずといった様子で笑みを浮かべた。

「あらあら、双子ちゃんなのね。これはママ大変だ。僕？　ちょっと傷を見せてね」

そう言って晴馬のおでこのガーゼをそっとめくると、晴馬が顔を歪めて泣きそうな表情になった。葵は腕にギュッと力を込めた。

「大丈夫よ」

「血はもう止まっているようね」

　患部を確認する看護師に、葵は傷ができた時の状況を説明した。

「少し目を離した隙にテーブルの角にぶつけてしまったんです。私の不注意で……。止血はしましたけど、傷が深いので……」

　病院へ連れて行った方がよさそうだと判断した。けれどすでにどこの病院も診察時間は過ぎていたから、自治体がやっているこの夜間救急診療所へ駆け込んだのである。

　看護師が頷(うなず)いた。

「ちょうど今日は外科の先生がいらしているから、診てもらいましょうね。じゃあ、もう少ししたら呼びますから、待っていてください」

「はい」

　葵はホッと息を吐いた。

　外科の医師に診てもらえるなら安心だ。

　自身も看護師で、ある程度の怪我は見慣れているから、晴馬の傷が少し深くて縫うことになりそうだと思っていた。だが、夜間救急診療所は、普段は別々の病院に勤務する医師が交代で診察にあたる。当然、専門ではない医師がいる場合も多いのだ。

　でもそこで。

「ねーねー今日の先生、すごく素敵だった！」

「え、そうなんだ。どこの先生？」

「確か白河病院だったような……」

受付の向こうで、事務員たちが囁き合う声が聞こえてどきりとする。

白河病院、外科医、という言葉に苦い思い出があるからだ。

まさか、という思いが頭をよぎる。

――もしもそうだったらどうしよう。

ただでさえ我が子の怪我で不安なのに、別の心配事が頭に浮かんでしまう。慌てて葵は落ち着けと自分自身に言い聞かせた。

今事務員たちが口にした白河病院とは、正式には白河医科大学病院といって都内でも屈指の最先端医療を行う大病院だ。白河医科大学や看護学校の経営にもかかわっている。所属する医師は研修医を含めると、数百名をくだらない。

今から診察を受ける医師が、白河病院から来た外科医だとしても葵が会うことを許されないあの彼であるはずがない。

「谷本さん、診察室へどうぞ」

さっきの看護師がやってきて、葵と晴馬を診察室へと促した。

「僕、歩けるかな？」

晴馬が自分の足で歩いて看護師について行く。葵は寝ている悠馬を抱いて立ち上がった。

診察室は、真ん中に診察台と患者用の丸い椅子、向こう側に医師のデスクがあるシンプルな空間だ。

葵たちが足を踏み入れたと同時に、デスクに座ってパソコンを触っていた男性医師が振り返る。すぐにガーゼを頭に貼り付けた晴馬に目を留めて話しかけた。

「僕、どうした？……頭か」

そう言ってガーゼをそっとめくる。

「これは痛かったな」

晴馬が怖がらないように優しく声をかけながら真剣な目で傷を診る。

その彼を、葵は息を殺して見つめていた。悠馬を抱く腕に力が込もる。

「先に消毒させてくれ、ちょっとしみるぞ。お、泣かないな。強いじゃないか。よし、一旦終わりだ」

まだ会話が成立しない小さな晴馬に、彼は丁寧に説明しながら慣れた手つきで消毒をする。その声も手も患者を診る真剣な眼差し(まなざし)も、二年前となにひとつ変わっていなかった。

消毒をしながらひと通り患部を確認し終えた医師が、今度は葵に視線を移す。

「お母さん、傷は……」

そこでようやく葵に気がついた。治療方針を説明しようとしていた口を開いたまま目を見開いて腕の中の悠馬、それから晴馬を順番に見て言葉を失っている。そしてなにかを言いかけたところで看護師が首を傾げた。

「先生……？」

ハッとして、彼は再び口を開いた。

「あ……いえ、すみません。傷が少し深いですから、縫う方がいいと思います。その方が治りが早いし、バイ菌も入りにくい」

「……お願いします」

葵が言うと、頷いて準備を始める。

「お母さんは外で待っていてください。もうひとりの僕ちゃんもいることだし」

看護師がテキパキと彼を手伝いながら葵に言った。

おそらく我が子に針を入れるところを見て葵が動揺しないように、という気遣いだ。

本当のところ看護師である葵にその気遣いは無用だが、腕の中の悠馬のことを考えて、葵は素直に頷いた。

診察台の晴馬に「大丈夫だからね」と声をかけてから診察室を出る。そのまま椅子に座り治療が終わるのを待った。

怖い思いをしているであろう晴馬に対する申し訳なさと、絶対に会ってはいけない相手と突然会うことになってしまった驚きで、頭の中がぐちゃぐちゃだった。

「ねぇ、これ見て。白河病院所属の白河晃介先生ってことは、院長の関係者だったりするのかな？」

「そうじゃない？　それにしてもイケメンだった。看護学校の時の友達が白河病院で働いてるんだ。今度聞いてみよっと」

患者が少ないからか、受付の向こう側ではまだ噂話が続いている。今日の担当医の当番表らしきものを見ながらあれこれと話していた。

彼女たちの疑問に対する答えを葵はすでに知っている。

今診察室にいるのは、白河病院の院長兼理事長のひとり息子で国内屈指の脳外科医、白河晃介。

二年前まで、白河病院に勤めていた葵の恋人だった人物で、息子たち晴馬と悠馬の父親だ。

ふたりの過去

ふたりが出会ったのは、葵が二年前まで勤めていた白河病院だった。

晃介はその頃すでに難しいオペを高確率で成功させる優秀な脳外科医として病院外でもその名を知られていた。それでいてえらぶるようなところは一切なく、親身になって丁寧に治療にあたるから患者や職員からの信頼がダントツだった。

加えて、百八十センチの長身に精悍な顔つき、印象的な眼差しの、どこからどう見てもカッコいいとしかいいようがない容姿とあらば、周りの女性たちは放っておかない。ロッカールームで繰り広げられる看護師仲間の噂話は、いつも彼のことばかりだった。

一方で、葵の方は入職一年目の新米看護師でとにかく早く一人前になるために仕事に邁進する日々だった。仕事中目にする彼に憧れの気持ちを抱いてはいたが、所詮はそれだけのこと。

「あー、白河先生ってどんな女性が好みなのかな」

「仕事のことは優しくおしえてくださるけど、そっち方面の質問はいつもさりげなくかわされるよね。そもそも彼女いるのかな？」

ロッカールームでの先輩たちの会話を聞きながら、もし彼に恋人がいるとしても、自分のような普通の女ではないことは確かだと思っていた。

べつに葵だって自分の容姿を悲観しているわけではない。これといって特徴のない目鼻立ちで髪が少しくせ毛ではあるけれどメイクをすればそれなりに見えるはず。世間にはいろいろな好みの男性がいるのだから、自分を気に入ってくれる人だっているはずだ。でもとにかく晃介とは釣り合わない。

きっとこれからも仕事以外で関わることはない、そう思っていた彼と個人的に話をするようになったのは、看護師になって一年目が終わろうとしていたある日の出来事がきっかけだった。

入職以来ずっと葵は休憩時間を外科病棟の屋上で過ごしていた。錆びたベンチがぽつんと置いてあるだけのめったに人が来ない場所だ。

白河病院には、カフェのように明るくて広い食堂兼休憩スペースがあって、見舞客や職員の憩いの場所になっている。でも葵はそこへは行かず屋上で昼食を取っていたのである。お昼ご飯もそこそこに、勤務時間中にメモしたことを復唱するのだ。新米看護師の葵に覚えるべきことは際限なくあった。

復唱して頭に入れるのは、葵の癖だった。看護学校時代から勉強をする際はノートを声に出して読みながら、部屋を歩き回って暗記をした。その習慣が働きだしてからも抜けなかったのだ。

その日も葵は手すりを持ち晴れた空に向かって、ぶつぶつと呟いていた。一度頭に入れてしまえばなかなか忘れないたちだが、そもそも今は覚えることが多すぎて頭に入れるというのが追いつかない状態だ。時間はいくらあっても足りなかった。

「あー、覚えることがありすぎる。メモリーの容量を増やしたい……」

そう呟いてため息をつく。記憶力を増やすなにかがどこかで売られていたらいいのに、という気分だった。

すると後ろからくっくっと忍び笑いが聞こえてくる。驚いて振り返ると、ブルーの医療用ユニホーム姿の晃介がコンクリートの壁にもたれかかって立っていた。

「し……！　せ、先生……！」

葵は目を剝いて声をあげる。

後ろに人がいるなんてまったく気が付かなかった。しかも相手が相手だ。反射的に気をつけの姿勢になって頭を下げた。

「お、おつかれさまです……！」

「ん、おつかれ」

彼はにっこりと微笑んで、なにがなんだかわからなくなってしまっている葵のところへやってくる。そして隣の手すりに手をついた。

突然現れた憧れの人物とふたりきりという状況に葵の心臓はバクバクで、頭は軽くパニックだ。半袖のユニホームから覗く腕が意外と筋肉質だ、などという関係のないことが頭に浮かんだ。

晃介が首を傾げて葵を見た。

「ここで休憩してるの、俺くらいだと思ってたけど」

「え？　せ、先生もここで……!?　あ、だったら私、別のところに……」

慌てて葵はそう言って、持っていたメモ帳をポケットにしまう。連日、難しい症例のオペを休みなくこなす彼にとって休憩時間は貴重だ。邪魔をするわけにはいかない。

でもそれを彼は止めた。

「いや、大丈夫。ここ落ち着くだろう？　天気がいいと風が気持ちいいし。めったに人が来ない。……確かに復習するには最適だ」

「でも……」

「いいから。君にとっても必要な時間なんだろう？」

青い空と白い雲を背にそう言って穏やかに微笑む彼に、葵の鼓動がとくんと鳴る。風になびく真っ直ぐな彼の黒い髪が日の光に透けて綺麗だった。

仕事中は指示されたことを間違いなく頭に入れることで精一杯で気が付かなかったが、低くてどこか甘い響きを帯びた声も素敵だった。

「そうやって、口に出して覚えてるの？」

尋ねられて葵は頬を染めて頷いた。

「はい、癖なんです。口に出して繰り返さないと、なかなか頭に入らなくて……」

変な癖だと笑われるかと思ったが、意外にも彼は葵の言葉に共感した。

「そういうのわかるよ。ちなみに俺は書いて覚える派」

その言葉に葵は思わず聞き返す。

「え？　先生もですか？」

「ああ。今はまぁ……そこまでする機会はあまりないけど、国試の前なんか、何冊ノートを使ったか」

「そうなんですね……」

医師になるための国家試験に合格するためにはものすごい量の勉強をする必要がある。それはわかっているけれど、それでも天才外科医と言われる彼だから、なにもかも簡単にできるのだろうと思っていた。

「先生なら、見ただけで頭にインプットされるのかと思っていました……」

思ったままを口にすると、晃介が噴き出した。

「まさか！　谷本さん、俺のことＡＩだと思ってる？」

破顔して笑い続ける。

「え？　いえ、そ、そんなことは……。でもそうですよね。……すみません」

診察の時に見せる真剣な視線とも、患者に話しかける時の穏やかで優しい眼差しとも違う手放しの笑顔に、葵の鼓動は加速した。

それ以来、休憩時間が重なる時は、そこで一緒の時間を過ごすようになったのだ。

彼はベンチに座り葵のぶつぶつを聞くともなく聞きながら、サンドウィッチにかぶりつく。時折、ぶつぶつに対する有益なアドバイスをくれることもあった。そして別れ際には必ず『頑張って』と励ましの言葉をくれたのだ。

葵にとっては、特別な時間。

彼と話ができそうな日をこっそり心待ちにしていた。

それが実は晃介の方も同じだったと知ったのは、その日からさらに半年がたった日のことだった。

「白河先生、これから休憩ですか？」

昼下がりのナースステーションで電子カルテに患者の情報を入力していた葵は晃介の名前が耳に飛び込んできて顔を上げる。カウンターの向こう側を歩いていた晃介を先輩看護師が呼び止めたようだ。

「そうだけど、なにか？」

彼は足を止めてこちらを向いて答える。仕事上のなにかがあるなら先にやるよという雰囲気である。でも看護師の方はそういう意図で呼び止めたのではないようだ。もうひとりの看護師とともにまったく別のことを口にする。

「私たちも今から休憩なんです。よかったら一緒にどうですか？」

その誘いに、彼は一瞬考えてすぐににっこりと笑った。

「ありがたいお誘いだけど、遠慮しておくよ。せっかくの休憩時間を上司と過ごさせるのは申し訳ない」

「えー！　そんなことないのに……」

「外科部長から、看護師の皆さんは大切にするようにと厳しく言われているからね」

やんわりと断られても、諦めきれないようだ。なおも食い下がる。

「でも……。どちらにしても、食堂へ行かれるんじゃないですか？」

「いや、それがまだ決めてなくて……どうしようかな」

晃介は曖昧に言って彼女たちからさりげなく目を逸らす。その彼と目が合って、葵の胸がどきりとした。

なんだか目配せをされているような。

彼がどこで休憩しようとしているのか葵は知っている。

「でもそういえば先生って、あまり食堂では見かけないですよね。普段どちらで休憩されることが多いんですか？」

「うーん、特には決めていないかな。その時その時で。じゃ、お先に」

はぐらかすように言って彼はその場を去っていく。

看護師たちがため息をついた。

「あー、また失敗した」

「ていうか、成功したことないよね。本当にいつもどこへ行かれてるのかな？　医局にもいないって話だよね。木村先生からの情報では、彼女はいないって話だけど、だったらどうしてあんなにガードが固いのかな」

ふたりの会話を聞きながら葵はまだドキドキとしていた。

——そのすぐ後、自身が休憩するために屋上へ行くと、晃介はいつもの通りそこにいた。

葵を見ていたずらっぽい笑みを浮かべ、やや大げさに肩をすくめた。

「黙っていてくれて助かったよ」

さっきのことを言っているのだ。やはりあの意味深な視線は気のせいではなかった。

「最近よく聞かれるんだ。どこで休憩してるのかって。べつに極秘ってわけじゃないけど、できるだけゆっくりしたいから……」

「そ、そうですよね」

頷きながら、葵はなんだかくすぐったい気持ちになる。ふたりだけの秘密を共有している特別な関係だと勘違いしてしまいそうだ。

でもゆっくりしたいのに、葵が隣でぶつぶつ言っているのはかまわないのだろうか……。

そんな疑問が頭に浮かんで、口を閉じる葵に、晃介が首を傾げた。

「なんか悪いことをさせたような気分だな」

「え!? い、いえ……、そ、そんなことはないですけど、あ、でもそうかもしれない。先輩たちすごく知りたがってたから……」

実際、彼女たちを裏切っていることは確かなのだ。最近のロッカールームでの噂話は、彼が昼休憩をどこで過ごしているのかということでもちきりだった。『今度後をつけてみようかな』なんて言う強者もいるくらいなのだ。

それをすぐそばで聞いていながら、知らないフリをしているのだから。

あれこれ考える葵に、晃介がくっくと肩を揺らして笑った。

「じゃあ、お礼になにかご馳走しなくちゃいけないな。口止め料じゃないけど。なにがいい？　海鮮？　中華？」

「え！　い、いえべつにそれほどのことでは……」

葵は慌てて首を振る。本当のところ彼から言われなくても葵は誰にも話すつもりはなかった。葵にとっても彼とのこの時間は大切で、誰にも知られたくないのだから。

「なにもなくても言いません」

彼を安心させるように真面目な顔でそう言うと、晃介が「そう？」と言って首を傾げる。そしてそのままこちらをジッと見つめている。

その視線に、なにか特別なものが混じっているように思えるのは気のせいだろうか。

「あの……、先生？」

晃介が静かに口を開いた。

「じゃあ、やっぱり。ストレートにお願いしよう」

「こうやって、ふたりだけで話せる時間は俺にとって特別だけど、正直いって全然足りない。勤務外にもふたりで会ってほしいんだ」

本当にストレートな突然の誘いに、葵は目を見開いて返事をすることもできなかった。憧れだけれど雲の上にいる人にふたりで会いたいと言われるなんて、信じられるはずがない。

「……え？」

こんなこと現実とは思えない。

「どうかな？」

「あの、えーと……」

もちろん答えはひとつで、おそらくそれは彼もわかっているはずだ。葵の頬は茹で上がるように熱くなって真っ赤になってしまっている。

それでも彼は静かな眼差しで、急かすことなく葵の言葉を待っている。

こちらを見つめる彼の瞳が綺麗だった。

「あの……、はい。お願いします」

目を伏せてようやくそれだけを言うと、晃介が少し照れたように微笑んだ。

「わぁ、すごい……！」

冷たいガラスに手をついて、葵は感嘆のため息をつく。目の前に広がるのは東京の夜の街、ついさっきまで自分がいたとは思えないくらい煌びやかだ。

外科病棟の屋上で外で会いたいと彼に言われてから二カ月後、葵は彼がひとりで住むマンションを訪れた。

五度目に会った日の帰り道『もう少し一緒にいたい』という晃介の言葉に頷いたのである。

彼氏なんて学生時代からずっといない葵にとって、男性の家へ招かれること自体がはじめてだ。どうにかなってしまいそうなほど緊張しているが、破壊力抜群の景色に少しだけそれが和らいだ。

「あそこ、スカイツリーが見えるんですね。すごい……綺麗」

なんだか展望台に来たみたいな気分だった。

「すごい遠くだけどね」

センターテーブルに外した腕時計を置きながら、晃介が答えた。

葵は彼を振り返った。

「すごいですね。東京って感じ。私、上京して六年目ですけど、こんな夜景観る機会あまりなかったから。スカイツリーには上ったことはありますけど……。あ、すみません。なんかはしゃいじゃって……」

そこで葵は急に恥ずかしくなってうつむいた。

晃介が首を横に振った。

「いや、喜んでもらえて嬉しいよ」

完全にプライベートモードの晃介は、病院にいる時とは少し雰囲気が違っている。軽く梳かしただけの黒い髪に、ラフな服装。カジュアルな素材のジャケットを羽織っているのは、さっきふたりで行ったイタリアンレストランに合わせてのことだろう。スラリとした長身に男らしい眉や喉もともなにもかもがカッコいい。

病院中の女性スタッフが、お近づきになりたいと願う彼とこうしていることがまだどこか慣れなかった。

同僚にも言えない秘密のデートはもう五回目だけれど……。

いやそもそもこれをデートと呼んでいいものなのか、男性経験のない葵にはわからなかった。

会うのはたいてい仕事終わりで、病院から少し離れた場所で美味しいものを一緒に食べる。病院からの呼び出しに備えてアルコールを飲まない彼は、いつも遅くならないうちに車で葵の寮の近くまで送り届けてくれた。

夢のような時間の中で自分を見つめる彼の目に特別なものが浮かんでいるようにも感じるが、決定的な言葉はない。

だから葵は、自分がいったいどういう状況にいるのか判断できないでいた。

大人の恋愛の入口にいるのか、あるいはただの友人関係か。

こうしてマンションに招き入れられたことは、特別なことのように思えるけれど……。

密室にふたりだけというシチュエーションに高鳴る胸の鼓動を隠すように葵はわざと明るく言う。

「先生のお家って、病院から少し距離があるんですね。ちょっと意外でした。ドクターは病院の近くにお住まいの方が多いって思っていましたから」

患者の容態に合わせて急な呼び出しもある医師はその方が便利なのだ。そもそも彼は理事長の息子で病院のすぐ近くに白河家の屋敷がある。

「……まぁ少し距離があるとはいえ、道一本で行けるし、どうせ忙しい時は仮眠室に泊まり込むから……。ひとり暮らしするのに、あまり実家から近いのもね」

どこか歯切れの悪い晃介の答えは頭に入ってこない。言いながら彼がゆっくりとこちらへやってくるからだ。

　葵は方向転換してまた夜景に目をやった。

　ガラスに映る彼がすぐ近くまでやってくるのを息を殺して見つめる。心臓が破れてしまいそうだった。

　肩にかかるクセのある葵の髪に、晃介がそっと触れて、ガラス越しに葵を見た。

「髪、下ろしてるの、はじめてだ」

「え？……あ、はい。そうですね……今日は早番でしたから」

　ドギマギしながら葵は答える。

　肩より下に伸びた髪は、仕事中はいつもきっちりと結んでいる。でも今日は早番で、彼と会うまでに少し時間があったから一度寮へ帰り下ろしてきたのである。

　彼の隣に並ぶにはあまり相応しくない平凡な見た目だからこそ、少しでもましに見えるように。

「ちょっとくせ毛であまり好きじゃないんですけど」

　どんな手術もコンマ数ミリの狂いもなく成功させる彼の手が、葵の髪に指を絡める。すっかり火照った頬を柔らかく毛先がくすぐった。

「そう？　……俺は好きだな」

「え……？」

突然落とされた甘い爆弾に、葵はピクンと反応する。

――その瞬間。

後ろから包み込まれるように抱きしめられた。

「つっ……！」

ゼロになったふたりの距離、少し野生的な彼の香りに包まれて葵の体温が一気に上昇する。

吐息がこぼれてしまいそうになるのを唇を噛んでなんとか耐えた。

真っ赤に染まる葵の耳に、晃介が囁いた。

「好きだよ」

その言葉に、葵は思わず「え」と声を漏らしてしまう。

もしかしたらと期待していたのは確かだが、やっぱり信じられなかった。

「本当に……？」

その葵の反応に、晃介が眉を寄せる。くるりとその場で回されて、向かい合わせにされてしまう。

葵を腕の中に閉じ込めたまま、彼は不満そうな声を出した。

「君は……。まさか俺が好きでもない女性を何度も食事に誘ったり、家に招いたりすると思っていたのか？」

その問いかけに、葵は慌てて首を振った。

「そ、そうじゃないですけど。でも……」

「でも？」

「わからないんです。私、こういう経験がほとんどなくて……。先生は私より八歳も年上だし、そ、そういう対象として見てくださっているのか……。そもそも大人のお付き合いがどうやって始まるのかも、具体的にはあまりよく……」

寮には看護学校時代から一緒にいる看護師仲間もたくさんいる。相談すればアドバイスしてくれるだろう。でも今回は相手が相手だけに誰にも聞けなかったのだ。

晃介が首を傾げた。

「今まで一度も彼氏がいなかったのか？」

「い、いましたけど……すごく昔に一度だけ。でも少しの間でしたし、あまり深い付き合いでは……」

ごにょごにょと言い訳のような言葉を口にする。

「高校は女子校で看護学校もほとんどが女子だから、そもそも出会いがあまりなくて……」

言いながらどんどん自信がなくなってしまう。

いくらなんでももうすぐ二十四歳なのに、呆れられてしまっただろうか？

晃介がフッと笑ってすっかり火照った葵の頬を、大きな手で包み込む。真摯な色を帯びた彼の目が自分だけを捉えていた。そして彼はさっきよりもはっきりとその言葉を口にした。

「君が好きだ。付き合ってほしい」

真っ直ぐな言葉に、葵の中の信じられないという思いはあっという間に吹き飛んで、幸せな思いで胸がいっぱいになっていく。

「私も、先生が好きです。よろしくお願いします」

真っ直ぐな言葉で答えると、晃介が柔らかく目を細める。その視線がゆっくりと近づいて……。

はじめてのキスは、ほんの一瞬。

すぐに離れたのが、名残惜しいくらいだった。

「先生……」

焦がれるように彼を呼ぶと、晃介が眉を上げて葵の唇を親指で優しく押さえた。

「ふたりの時は、名前で呼んで」

その言葉に。

「……え⁉　名前……？」

夢から覚めたように、声をあげて葵は目をパチパチさせた。

「名前って……下の名前……ですか？」

「そうだ。もう特別な関係なのに、先生はないだろう」

晃介の言い分は至極真っ当だ。でもだからといってすぐにわかりましたとは言えなかった。葵はふるふると首を振る。

「そ、そんなこと、で、できません」

ついさっき、彼に好きだと言われたことを実感したばかりだというのに、いくらなんでも展開が早すぎる。

「先生は先生です……」

でも彼は納得しなかった。

すぐ近くから葵を咎めるように見て「ダメだ、ほら呼んでみて」と言う。

ためらい目を伏せる葵の唇を晃介の指がノックした。

「君を近くに感じたい。呼んで、……葵」

その感触と葵の名を呼ぶ声音に混じる甘い響きに、葵の鼓動がどくんと跳ねる。唇を噛み、意を決して口を開く。

「こ、晃介……さん」

本当に小さな声しか出なかったが、今はこれが精一杯。とにかくやれたとホッと息を吐いたその瞬間。

彼の親指が、葵の唇に割って入る。

「つっ……！」

思わず漏れた吐息は……。

——彼の、口の中へ消えていく。

突然の深いキス。葵は背中をしならせて彼のジャケットを握りしめる。

はじめての衝撃に、反射的に身を引こうとするけれど、うなじに差し込まれた大きな手に阻まれて叶わない。

背中にあたる冷たいガラスと、口の中を這い回る熱い彼の感触に、どうにかなってしまいそうだ。

まだ触れられてもいないのに、身体中のあちこちに火がつくような心地がした。

「ん……は……！」

わずかに息つぎを与えられるだけの激しいキスの連続に、経験のない葵はなすすべもない。

大きな手が葵の髪を楽しむように這い回るのを、どこか背徳的に感じていた。腰に回された腕に身体を預けて葵は彼のキスに翻弄され続けた。

「……奇跡だな。こんなに可愛いのにまだ誰にも触れられたことがないなんて」

また甘い爆弾を落として、今度は彼の唇は耳にうなじに触れていく。葵の背中を未知のぞくぞくが駆け抜けた。

「ん……、んっ」

大きな手が葵の髪をかき上げて、熱い唇が素肌に触れる感触に、恥ずかしい声が漏れ出るのを止めることができなかった。

晃介が荒い息を吐く。

「……ここまでするつもりはなかったのに。帰したくなくなってしまう」

耳に囁かれるその言葉に、驚いて目を見開くと、獰猛な捕食者のような目をした晃介の視線がそこにあった。

葵はこくりと喉を鳴らす。普段は紳士的な彼が見せる情熱的な一面に、心が囚われていくような心地がした。こんな風に見つめられて拒否できるわけがない。

「か……帰らなくても……」

　それだけを口にしてギュッと目を閉じる。一瞬の沈黙の後、突然ふわりと抱き上げられた。

「あ」と声をあげて、葵は彼の首にしがみつく。とても顔を見ることなどできなくて彼の首もとに顔を埋めた。

　晃介がフッと笑って葵の耳に囁いた。

「寝室へ行こう」


　晃介との夢のような日々が終わりを迎えたのは、突然のことだった。

　彼が研修で地方へ行っていたある日、唐突に理事長室へ呼び出されたのだ。待っていたのは、晃介の父白河大介、白河病院の頂点に立つ人物だった。

　恋人の父親だとはいえ、葵にとっては雲の上の存在だ。いったいなんだろう？と怯える葵になんの前置きもなく大介は切り出した。

「君が晃介の女だという谷本葵か」

　その言葉に、葵は冷や水を浴びせられたような気分になる。誰にも知られないようにこっそり付き合っていたのにどうして知られたのだろう。

青ざめる葵を大介が鼻で笑った。

「なぜ知っているのだという表情だな。そんなもの調査会社を使えばすぐにわかる」

その言葉に葵は驚いて目を見開いた。

確かに隠していたとはいっても、せいぜい職場から離れた場所で会うことくらいしかしていないのだから、プロにかかればすぐにバレてしまうだろう。

でもどうして息子を調査するようなことをしたのだろう。その疑問も顔に出ていたようだ。

大介が理由を説明する。

「晃介は、将来我が白河病院を背負って立つ人物だ。その立場に相応しい相手と結婚する必要がある。わかるな？　新人看護師の君などの相手ではないのだ。今すぐに別れなさい」

ひどい言葉と残酷な命令。でもこれが世間一般の見方なのだと現実を突きつけられた気分だった。今まで隠れて付き合っていたから誰にも言われずに済んでいただけで。

「……こ、晃介さんと相談させてください」

震える唇を励まして、どうにかこうにか絞り出した葵の言葉に、大介は首を横に振った。

「ダメだ。適当な理由をつけて今すぐに別れろ。病院もやめてもらう」

「そんな……！」

葵は真っ青になった。

「それはできません。だって私……」

葵は白河病院付属看護学校を奨学金を使い卒業した。卒業後、三年間白河病院で働けば返済不要になる契約だ。母子家庭で、進学するためにはそれしか方法がなかったからだ。

まだ三年働いていないのに、今すぐにやめてしまったら、四百万円もの大金を一括で返済しなくてはならない。

「困ります！ ……奨学金が……」

葵の訴えに、当然事情は把握しているであろう大介が狡猾な笑みを浮かべた。

「安心したまえ。言う通りにすれば円満退社という形で奨学金はチャラにしてやる。手切れ金代わりに退職金も上乗せしてやろう。君の地元の病院に働き口を用意する。悪い話ではないだろう？ ……だがこの件を晃介に漏らしたり私に逆らうようなら君はクビだ。奨学金も決まり通り支払ってもらう」

白河医科大学病院は、創業者一族である白河一族が経営権を握る病院で、その病院長と理事長を兼任している大介には、どれほど優秀な医師であったとしても刃向かうことは許されない。病院の方針に逆らって左遷され冷遇され、辞めざるを得なくなった者も少なくはない。なんの落ち度もない葵をクビにすることなど、彼にとっては容易いことだ。

「君はうちの看護学校を優秀な成績で卒業したそうじゃないか。せっかくの資格を活かせる仕事を続けたいだろう？」

葵は唇を噛み、膝に置いた手をギュッと握りしめた。

まだ看護師として一人前とは言えない葵が再就職先を見つけるのは、簡単なことではない。

四百万円の借金を背負っているのに……。

「それとも、晃介に助けを求めるか？　私の息子だというだけの三十三歳の若造に。まだ理事ですらない男を信じてみるか？」

薄ら笑いを浮かべる大介の言葉に、葵はイエスと言えなかった。差し出した合意書に、黙ってサインをしたのである。

病院側は、奨学金四百万円を免除する。ただし、速やかに退職し今後一切白河晃介とは接触しないことを条件とする。もしこの条件に違反した場合は、四百万円を一括で返済する義務が生じる……。

葵はその足ですぐに職場を去るように言われ、同僚や先輩に別れを告げることも許されなかった。そして晃介には【もう愛情はなくなったから別れてほしい】とだけメッセージを入れて、ほとんど逃げるようにしてこの町を去ったのだ。

「谷本さん」

名を呼ばれて、過去を思い出していた葵は急に現実に引き戻される。さっきの看護師が診察室のドアからこちらを覗いていた。

「終わりましたよ」

「あ、はい」

悠馬を抱いて葵が再び診察室へ入ると、晴馬は診察台にちょこんと座っていた。真新しいガーゼを頭に貼ってはいるものの、もう泣いてはいなかった。

「えらかったのよー。痛み止めのジェルを塗ってから麻酔したとはいえ、泣かなかったんだから」

看護師の言葉に晃介も同意した。

「強かったな、びっくりしたぞ」

晴馬の頭をなでて言う。その姿に葵の胸がズキンとなった。医師と小さい患者のよくある光景だが、葵にとってはそうではない。

「麻酔が切れたら少し痛がるかもしれません。明日、近くの外科を受診してください。抜糸もそちらの病院で。紹介状を書きますので……」

テキパキと話す晃介を葵は直視できなかった。落ち着いた低い声もあの頃となにも変わっていない。ひと通りの説明が終わったところで葵は息子たちを連れて部屋を後にした。

「ありがとうございました」

「お大事に」

受付で紹介状を受け取って診療所を出る。駐車場の隅っこに停めてある黄色い軽自動車にふたりを乗せると、さすがに疲れたのだろう、晴馬もうとうとしはじめた。

スライドドアを閉めて、葵はふーと長いため息をついた。

あまりにも突然のことでなにが起きたのかわからないくらいだった。同じ町にいるはずなのだから、再会する可能性がなくはないのは知っていても、ほとんどゼロに近いと思っていた。なにせここは都内なのだ。

胸の鼓動がうるさいくらいに鳴っている。

会ってはいけない人に会ってしまったことが不安でたまらなかった。

医師と患者としての会話以上にはなにもなかったのだから問題はないはずと、一生懸命、自分自身に言い聞かせる。

それにもうこれきりなんだし……。

少しひんやりとした夜の空気を感じながら、葵はスライドドアに映る自分の姿に目を留める。

晴馬が怪我をしたのがちょうどお風呂上がりだったから、ろくに髪を乾かす暇がなかった。少しクセのあるセミロングの黒い髪はボサボサで、服装は明らかに部屋着とわかるものだ。

もともと平凡な顔立ちでおしゃれをしたとしてもたいして見栄えはしないけれど、それにしても二十七歳にしては疲れて見えた。

かつての恋人との二年ぶりの再会だというのに、よりによってこんな姿だなんて。

せめてもう少しマシな格好で会いたかった。

そんなことが頭に浮かび、慌ててその考えにストップをかける。

どうせもう二度と会わないのだから、そんなことはどうでもいい。気を取り直し、運転席の取っ手に手をかけた時。

「葵！」

呼び止められてドキンとする。

この場所で自分を下の名で呼ぶ人物はひとりだけだ。聞き覚えのある低い声に、恐る恐る振り返ると、案の定、晃介だった。街灯が照らす駐車場をこちらに向かってやってくる。そして一枚のカードを差し出した。

「受付に落ちてたぞ」

晴馬の保険証だ。

葵は「あ」と声を漏らした。

突然の再会に動揺して、落としてしまっていたようだ。

「あ、ありがとうございます……」

受け取ろうとそれを掴(つか)み首を傾げる。晃介が強く掴んでいて離さなかったからだ。

「あの……?」

戸惑い視線を彼に移した時。

「結婚、してるわけじゃないんだな?」

不意打ちのような確認に、ドキンとする。射抜くようにこちらを見つめる彼の視線が痛かった。

保険証には葵の名前が載っている。当然苗字も彼と付き合っていた時のままなのだから、結婚していないだろうことは予想がつく。

「あ、ありがとうございました！」

少し大きな声でそう言って、保険証を強く引き鞄にしまう。

急いで車に乗り込んだ。

「葵……！　待てよ！」

ドアを閉め、エンジンをかけると、彼は車が発進できる位置まで下がる。

ライトに浮かぶ悔しそうな表情の彼を見ないようにして、葵は車を発進させた。


畳の上にくっつけて敷いてある二枚の布団の上に互い違いに転がって、双子が寝息を立てている。それを葵は隣で横になって見つめている。

子供にしては少し多めの黒くて真っ直ぐな髪、大きくて優しげな目元、意志の強そうな口もとは、彼らの父親そっくりだ。連れて歩くと「可愛い」と道ゆく人に声をかけられることも多かった。

寝返りを打ち、薄暗い中、天井から下がる電気をジッと見つめる。明日も朝早くに起きて晴馬を近くの外科へ連れて行かなくてはならない。もういい加減寝なくてはと思うのに、頭が冴えて眠れなかった。

妊娠していることに気がついたのは地元の名古屋に戻ってからだった。

当然、晃介に伝えることはできなかった。大介に脅されたからといっても、メールひとつで彼から逃げるというひどい別れ方をしたのだから。

ふたりを生むことに迷いがなかったといえば嘘になる。父親のいない子、ましてや双子を、まだ経済的に自立できていない状態でひとりで育てる自信はなかった。

でも突然終わりを迎えた彼への想いが、葵を突き動かした。

――おそらくもう自分は、彼以外の男性を愛することはないだろう。ならば実らなかった彼への愛の証を残したい。

その思いと生まれてきた息子たちへの愛情だけを頼りに、なんとかここまでやってきた。

目を閉じると二年ぶりに目にした晃介の姿が脳裏に浮かんだ。

ブルーの医療ユニホームを着た彼の姿に、葵の胸は高鳴った。それは別れる前と少しも変わらない反応で、一生懸命彼を忘れようとした二年の努力が無駄だったのだと思い知らされるようだった。

遠く新聞配達のバイクの音を聞いてから、ようやく葵は眠りについた。

翌日、土曜日で仕事が休みだった葵は晴馬を近くの外科へ連れて行き、昼ごはんを家で取った後、近所の公園へ出かけた。歩けるようになったと思ったらもう走り出す勢いの双子は体力が有り余っている。必ず一日一回は外でめいっぱい遊ばないと夕方に機嫌が悪くなるのだ。

晴馬の傷は綺麗に縫ってあったから、治りをよくするためにガーゼをあてる必要もないと外科で言われた。もう痛くないようで傷が剥き出しのまま、いつも通りに走り回る晴馬を、ハラハラしながら見守った。そして夕方四時頃、公園を出た。途中スーパーへ寄ってから家を目指す。

葵が双子と暮らすマンションは築四十年の古い五階建。お世辞にもおしゃれとは言えないが、その分家賃がリーズナブルで、双子をひとりで育てる葵にはぴったりの物件だった。

手切金のように振り込まれた勤務期間に見合わない退職金は、使うつもりはなかったけれど、双子の出産は予想以上に費用がかかったため、手をつけてしまっている状態だ。安定した職場を見つけた今、なるべく節約していつかは大介に返してしまいたい。もちろん向こうにとってははした金で、いらないと言われるだろうけれど……。

双子用のベビーカーを押しながら、マンションの隣のコインパーキングを通りかかった葵は、停まっている車に目を留めて眉を寄せた。黒のスポーツタイプの高級車が晃介の車と同じ車種のものだったからだ。

まさか、という考えが頭に浮かぶ。でもすぐにそれを否定した。世の中に同じ車種の車は掃いて捨てるほど走っている。昨日の今日だから気になってしまうだけだ。

でもマンションにたどり着き一階の自宅のドアを見た瞬間に、嫌な予感が的中したことを悟る。ドアの前に背の高い男性が立っていた。

慌てて引き返そうとするけれどベビーカーを押していて素早く動くことができない。

晃介がこちらに気がついた。

「葵」

どうしてここがわかったのかと尋ねる必要はないだろう。昨日の夜間診療所で、葵は住所が載った保険証を提示している。

「……ルール違反じゃないですか?」

胸が切なく締め付けられるのを感じながら、葵は意識して冷たい声を出した。

それに、晃介は一瞬、傷ついたような表情になる。

「昨日君が俺の話を聞かずに逃げたからだ。確認したいことがあったのに」

「話すことなんてなにもないからです。……帰ってください」

突き放すように葵は言う。いつもとまったく違う様子の母親を不思議に思ったのか、双子がベビーカーで大きな目をパチパチさせた。

「俺から話があると言ったんだ、葵」

晃介がゆっくりと葵のところへやってくる。逃げたくてもベビーカーを押している状態では無理だった。

「でも……」

「捨てた男の顔なんて見たくもないのは当然だ。だとしても、君は俺に知らせなきゃいけないことがあるんじゃないか？」

彼の口から出た『捨てた男』という言葉に、葵は唇を噛んだ。本心では違っても葵がしたことを考えればそうなるのだろう。

「……この子たちのことだ」

声を落として彼は言う。少し甘い彼の香りがふわりと葵の鼻を掠めた。

予想通りの言葉だった。保険証に記載された晴馬の生年月日から逆算すれば、葵の妊娠が晃介と付き合っていた時期だというのは明白だ。

「……なんのことかわかりません」

それでも認めるわけにはいかなかった。いかなる場合でも彼と接点を持ってはいけないというあの同意書の文言に、葵は縛り付けられている。半ば無理やりサインさせられたとはいっても、手切金代わりの退職金にも手をつけてしまっているのだ。

晃介が鋭い視線で葵を見た。

「じゃあ君は、この子たちと俺は無関係だと言うんだな？　俺じゃない別の男の子だと？」

頑(かたく)なな葵に、晃介が核心を突くような言葉を口にする。そして首を振って吐き捨てた。

「そんなこと……ありえない」

葵の胸が締め付けられる。

メールだけで一方的に別れを告げて姿を消した自分を、彼は信じてくれている。彼と付き合いながらほかの男性と関係を持つなどありえないと言い切るのだ。その彼に、誠実に対応できないのがつらかった。

なにも答えられない葵に、晃介が苦しげに口を開いた。

「俺は君を信じている。この子たちの父親は俺しかいないと確信している。……だけど君が本当にこの子たちと俺は無関係だと言うなら、もう二度とここへは来ない」

ひと言「そうだ」と言えばいい。そうすればすべてが終わり、また静かで孤独な日々に戻る。昨日と今日の出来事は不可抗力なのだから合意書に違反したとはいえないだろう。

でも……。

唇を噛み、ベビーカーの双子を見ると澄んだ瞳が不思議そうに自分を見つめていた。

もし葵がそうすれば、今この瞬間が彼らにとって実父を目にする最後の機会となるだろう。そこで自分は嘘をつくのだ。

あなたたちは親子ではない、と。

もちろん幼すぎて彼らの記憶には残らないだろうけれど……。

いつまでも答えない葵に、晃介が声を和らげる。

「葵……」

とそこで、マンションの住人が通りかかり口を閉じた。住人は、訝しむようにチラチラとこちらを見ながら通り過ぎていく。背の高い目立つ容姿の男性と双子のベビーカーを押した女が深刻そうに話をしているのだから、いったいなにをしているのだと不思議に思っているのだろう。

ここへは引っ越してきたばかりでまだ知り合いはほとんどいない。でも近所から奇異な目で見られるのは避けたかった。

職場も保育園も徒歩圏内だ。

かといって、すぐに彼を追い返すうまい言い訳も思いつかなかった。

「……中に入ってください」

ため息をついて、葵は鞄から鍵を出した。

冷凍庫にストックしてある子供用のカレーを電子レンジで温めて、炊飯器からよそったご飯にかける。振り返ると、双子がキッチンの入口に設置してあるベビーガードにへばりついていた。

「あーま！　あーま！」

『あーま』とはご飯のこと、お腹が空いているのだ。

「ゆうくんはるくん、ちょっと離れてくれる？　ママ出られないから」

言っても無駄だとわかりながら、葵はふたりに声をかける。

そして柵に手をかけた時。

「座って待ってようか」

彼らの後ろから晃介が優しく言って、ふたりいっぺんに抱き上げた。そしてダイニングテーブルへ行き一旦下ろしてから、ひとりずつベビーチェアへ座らせる。ふたりともいったいこの人は誰だろう?と思っているに違いないけれど、おとなしく言うことを聞いていた。

晃介に納得して帰ってもらうために、葵はとりあえず彼を家に上げた。もちろん玄関先で少し話をしたらすぐに帰ってもらうつもりだったが、双子がそうさせてくれなかった。

家に入った途端にキッチン入口に設置してあるベビー用の柵をガチャガチャと揺らして「あーま! あーま!」とコールしはじめたのである。もう五時を回っているし、公園で散々遊んだからお腹が空いているのだ。

話があるからちょっと待ってねなんてまったく通じないふたりに、葵が困っていると、先に夕食を食べさせてやればいいと晃介に提案されたのである。

こういう時のために冷凍庫にはたくさんの作り置きがストックしてある。とてもじゃないけれど、落ち着いて話ができる状況になかったため、葵は素直に頷いた。

「晴馬くん、ちょっと傷を見せてくれ。……うん、綺麗に治りそうだ」

晃介が椅子に座らせた晴馬のおでこの傷を確認して満足そうに呟いた。

「晴馬の傷、綺麗に縫ってくれてありがとう」

カレー用のスプーンを引き出しから出しながら、葵は彼に言った。

昨夜は本当に一瞬目を離した隙に、晴馬は走り出しテーブルに激突した。真っ赤な血を見た瞬間は生きた心地がしなかった。

周囲からはよく『母親が看護師だと安心だ』などと言われるが、本当のところそうとも限らないと実感した出来事だった。血は見慣れていても自分の子供のものとなると……。気が動転して診療所に電話をする時も何度番号を押し間違えたことか。

「晃介がいてくれてよかった。今日の先生も綺麗な縫い目だっておっしゃってたし」

再会してしまったことはともかくとして、晴馬のことのみを考えたら、幸運だった。

「いや……。晴馬くん、泣かなかったし、暴れなかったもんな。えらかったぞ」

晃介が優しく言って大きな手で晴馬の頭をなでる。そして今度はそれを不思議そうに見つめている悠馬に向かって微笑んだ。

「本当にそっくりだなぁ。傷がなかったら見分けがつかないよ」

そんな三人を見るうちに、鼻の奥がツンとして、葵の視界がじわりと滲む。なにごともなければ、もしかしたらこの光景はあたりまえだったのかもしれないのだ。

その葵に晃介が気がついて、なにか言いたげな表情になる。

「葵……」

「こ、子供たちに食べさせる間、あっちのリビングで待ってて」

目尻の涙を拭いて、葵は彼の言葉を遮った。

晃介が一瞬悔しそうに口を閉じる。でもすぐに気を取り直したように息を吐いて口を開いた。

「ここで見ててもいい？」

「……え？」

「見てたいんだ。……葵が嫌じゃなければ」

そう言って子供たちに視線を送る。その眼差しに、葵の胸がキリリと痛んだ。

……彼にとっても双子を目にする最後の機会だ。だからしっかりと目に焼きつけておきたいということなのだろう。

そんなことを考えたら、とても嫌だとは言えなくて葵は素直に頷いた。

「……いいよ」

晃介は嬉しそうに向かいの席に腰を下ろした。

葵の方は角に座り、いただきますをさせる。ふたりとも赤ちゃん用のスプーンで器用に掬(すく)って食べだした。

「へぇ、もう自分で食べられるんだな」

心底感心した様子で晃介が言う。

もちろん完璧というわけではなく葵のサポートが必要だが、それでも一歳四カ月にしては上手な方だった。

葵は思わず口もとに笑みを浮かべた。

「うん。保育園でも褒められるんだよ。食い意地が張ってるだけかもしれないけど」

そう言って彼を見ると、晃介がこちらをジッと見ている。

慌てて葵は彼から目を逸らした。

「ふ、双子だから、私の手が足りなくて。なにもかもやってあげられないの。だから仕方なく自分でやろうとするのかもしれないけど」

晃介が頷いて、また少し考えてから口を開いた。

「それ、やってみてもいい？」

双子にカレーを食べさせるサポートだ。

「え？……でも」

「やってみたい」

葵はしばらく逡巡する。幼児にご飯を食べさせるのは意外と難しい。それに双子が知らない人から食べさせてもらうのを嫌がるかもしれないし……。

でも、これが最後かもしれないという考えが再び頭に浮かび、ノーとは言えなくなってしまう。

「……じゃあ、お願いします」

その場を譲り手にしていたスプーンを渡すと、彼は嬉しそうに双子に話しかけた。

「ふたりとも、いっぱい食べような。お、悠馬くんも上手だな。うまいか？」

少しぎこちない手つきで、双子が自分で食べられなかった分を口に入れてやる。ふたりを見つめる視線も声も、これ以上ないくらいに優しかった。

また目に涙が浮かんでしまい、葵は慌ててうつむいた。こんな光景を目にしてしまったら、いったいなにが正解なのかわからなくなってしまう。

「葵、晴馬くんの分がもうすぐカラだ。おかわりは……。あ、待てよ、悠馬くんのやつを取るなって」

晴馬が、まだ食べたいというようにスプーンをガンガンとする。自分の分が少なくなると、悠馬のものを横取りしようとするのはいつものことだった。

そんな時は素早く抱き上げて、デザート代わりにバナナを食べさせるのだが今日は間に合わない。その場がしっちゃかめっちゃかになっていく。

「はるくん、ちょっと待ってね。バナナがあるから」

声をかけて、葵が立ち上がった時。

「あー！」という悠馬の不満そうな声とともに、彼のお皿が宙を舞う。

止める間もなく、次の瞬間、晃介のシャツと髪にカレーがべったりついてしまっていた。

「あ……、こ、晃介……だ、大丈夫⁉」

葵は真っ青になった。

カレーがべったりなんて、母親である葵はともかくとしてほかの人にとっては迷惑でしかないからだ。服にカレーがついたら洗ってもシミになる確率が高い。

「ご、ごめんなさい……！　すぐにタオルを持ってくるね！」

慌てて立ち上がり洗面所からタオルを取ってきて、キッチンの流しで濡らす。

一方で晃介は一瞬なにが起きたのかわからない様子だったが、頬についたカレーを手で拭い、それを見て笑い出した。

「俺、カレーを浴びたのははじめてだよ！　晴馬くん、やるなぁ！」

双子が目をパチクリさせてから、つられたようにケラケラと笑い出す。その三人の様子に、タオルを絞っていた葵はハッとして手を止めた。手放しの笑顔が三人そっくりだったからだ。葵が濡れタオルを持っていく間も彼らは笑い続けていた。

「でもカレーは投げるもんじゃない、食べるものだ。ほら、ママがバナナを持ってきてくれるから、それで許してくれ。悠馬くんは取られないうちに食べような」

髪と衣服にカレーがついてもまったく気にする様子もなく、またスプーンで悠馬にカレーを食べさせている。そんな彼を見つめるうちに葵はあることに気が付いた。

彼も自分と同じ、ふたりの親なのだ。

さっき葵が否定できなかったことと自分のミニチュア版みたいな双子の見た目に、彼は双子が自分の子だと確信しているのだろう。カレーをかぶってもまったく気にしてないどころか、どこか嬉しそうですらあった。

「バナナは投げないでくれよ」

そんなことを言いながら晴馬に笑いかける姿に、葵の胸はキリリと痛んだ。


双子がすーすーと寝息を立てているのを確認して、葵はリビングからひと間続きになっている和室を出て襖をそっと閉める。振り返るとテーブルに座りコーヒーを飲んでいた晃介が振り返った。

「ふたりとも寝た？」

「うん、すぐだった。……今日はたくさん遊んだから」

答えながら、テーブルに彼と向かい合わせに座る。そしてまずは謝った。

「でもごめんなさい。話すだけのはずなのに、すごく時間がかかっちゃった……」

双子の食事を終えた後、葵は晃介にシャワーを勧めた。服だけならまだしも髪にまでカレーがついてしまっていたからだ。さすがにそのまま帰ってもらうわけにはいかない。

するとカレーべったり事件で一緒に大笑いしてすっかり彼に気を許した双子が、バスルームへ乱入してしまい結局彼らも一緒に洗ってもらうことになったのだ。

そして出てきた彼らにパジャマを着せたら目を擦りだしたから、先に寝かせてきたというわけだ。

本当に今さらだけれど、忙しい彼の時間をたくさん使ってしまったことが申し訳なかった。

「晃介、忙しいのに」

晃介が首を横に振った。

「いや。今日は休みだし、俺は……楽しかっただけだ。でも大変だな、いつもはこれをひとりでやってるんだから」

葵は素直に頷いた。

「カレーがこぼれちゃったら、普段なら泣きそうになるところだよ。お風呂まで入れてもらってすごく助かった」

　そしてふたりはしばらく沈黙する。

　重い空気を破ったのは晃介だった。

「この服、残してくれてたんだな。とっくに捨てられたのかと思ってた」

　今彼が着ている長袖Tシャツは付き合っていた頃に、葵が彼から借りていたものだ。

もともと彼が着ていたカレーがついたシャツはシミ抜きをして乾燥機にかけている。

「……なんとなく置いてあっただけだけど」

　本当は捨てられなくて大切に持っていたのだが、わざとなんでもない風を装って葵は言った。

　そんな葵を晃介はしばらくジッと見ていたが、それ以上はなにも言わなかった。

「こっちにはいつ戻ったんだ？　地元へ帰ったって聞いたけど」

「……二カ月前。母の心臓に病気が見つかって。特殊な症例だから地元の病院では診られないって言われて転院してきたの」

　すぐに命に関わるわけではないけれど、放っておくわけにいかない母親の病名を口にすると、晃介は頷いた。

　彼の専門は脳神経外科で心臓は専門外だが、心あたりがあるようだ。

「あの病気は、確か東洋医大に専門の先生がいたな」

「うん、母は東洋医大の近くのアパートでひとり暮らし。ここからも近いけど一緒に住むのはちょっとね……双子がバタバタして落ち着かないから、病人にはよくないし」

当初葵は、晃介の父親が用意した名古屋の病院でずっと働くつもりだった。でも出産、母の病気といろいろなことが重なって辞めざるを得なくなってしまったのだ。

都内に戻ってこなくてはならなかったのは想定外だったが、それ自体は合意書違反ではない。

これまでのだいたいの経緯を話し終えると、晃介が、いよいよあのことについて話しはじめた。

「どうして、知らせてくれなかったんだ？　……あの子たちのことを」

やはり彼はもう完全に双子を自分の子だと確信しているようだ。

葵はそれを否定しなかった。できなくなっていたのだ。カレーまみれになった時の三人の笑顔が心に焼きついてしまっている。

でもだからといって晃介の疑問に答えることはできなかった。うつむいて黙り込む。

その沈黙を晃介は別の角度から解釈したようだ。端正な顔を歪めて苦しげに口を開いた。

「嫌いになった男をあの子たちの父親と認めたくなかったのはわかるけど……それとこれとは別の次元の問題……」

「そ、それは違うわ」

反射的に、葵は声をあげて彼の言葉を遮った。あまりにも悲しい誤解だったからだ。晃介を父親と認めたくなかったなんてそんなことはありえない、むしろその逆だった。彼の子だからこそ、葵はどうしても生みたいと思ったのだ。

本当のところ母は、はじめ出産に反対した。自身も女手ひとつで葵を育てきた分、経済的に安定していない状態で子供を育てることがどれだけ大変なことなのかよくわかっているからだ。

もちろん今は応援してくれているが、いつも心配そうにしている。

葵だって不安な気持ちはあるけれど、それでも頑張れるのは、双子への愛情と彼との幸せだった日々の思い出に支えられているからだと思う。もう二度と会えなくても彼を愛し愛されたという事実が葵を動かしている。

「晃介、そうじゃない、そうじゃないの……」

頭を振ると、目尻から涙が散った。合意書の文言が頭を掠めるけれど、それでもこれは伝えなくてはいけないと強く思う。そんな悲しい誤解をされたままは嫌だった。

突然泣きだした葵を、晃介が眉を寄せて見つめている。困惑した表情で、葵の言葉を待っている。

「言えなかったのは、そういう理由じゃないの。晃介を父親だと認めたくなかったわけじゃなくて……」

でもその先は言えなかった。

本当のところ葵を縛り付けているのは合意書の存在だけではない。

葵はあの日理事長室で、晃介を信じてみるか？という言葉に頷くことができなかった。白河病院のみならず医療業界に絶大な影響力を持つ白河大介に、たとえ息子だとしても晃介は勝てないと思ったのだ。

愛していると言いながら、彼を信じられなかった。

なにも言わずに姿を消した。

いくら脅されたからといって、その選択をしたのはほかでもない自分なのだ。

そのことをずっと申し訳なく思っている。双子を愛おしく思えば思うほど、彼らの父親を奪ったのは自分なのだという罪悪感に苦しめられる日々だった。

しかも今だって怖いのだ。

こうして会ってしまったことが白河大介にバレたら、彼の子を勝手に生んだことを知られたら、どうなってしまうのだろうと怯えている。

　さらにいえば、晃介に「あなたを信じられなかったのだ」と告げて失望されてしまうのも、なにもかもが怖かった。

「そうじゃないの晃介。でも、ごめんなさい……理由は、言えないの。それなのに、勝手に生んでごめんなさい。まさかこんな風に会うことになるなんて、私思わなかったから……」

「謝る必要はないんだ、葵！」

　取り乱す葵の言葉を、晃介が強く遮った。立ち上がりテーブルを回り込む。床に膝をついて椅子に手を置き、葵を見上げた。

「謝らないでくれ。出産を責めているわけじゃないんだ。あの子たちを生んでくれたこと、俺は感謝してるよ。大変だっただろうに、よくやってくれた」

「晃介……」

　目を閉じると安堵の涙が頬を伝う。

　心の重石がほんの少し軽くなったような心地がした。双子を生んだことを彼が喜んでくれたことが、ありがたかった。

「よかった」

思わず素直な言葉が葵の口から漏れてしまう。それを聞き咎めて晃介が訝しむような表情になった。

「葵……あの時俺は、会わずに別れてしまったからまだ納得できていないんだ。どうして俺は振られたんだ？　なにがダメだった？　理由を聞かせてほしい」

別れた時の行動と今の葵の反応を、ちぐはぐに感じているのだろう。でもその問いかけに、葵は答えることができない。

そしてそれでは彼が納得できないのは当然だ。直前までふたりは、幸せそのものだったのだから。

本当は、きちんと会って別れる方がいいのだということはわかっていた。でもそれはどうしてもできなかったのだ。彼の目を見て「あなたを愛していない」と嘘をつける自信はあの頃の葵にはなかった。

今だって……。

「葵、おしえてくれ。君の口からはっきりと聞きたいんだ」

晃介からの問いかけと真っ直ぐな彼の視線から逃れるように目を伏せて唇を噛む。口を開いたら真逆の言葉が出てしまいそうだった。

重くて長い沈黙の後、晃介がため息をついた。

「……わかった。言わなくていい」

そして葵の唇に、親指でそっと触れた。

「そんな風に噛むな、唇が切れる。言えないならもう無理には聞かないから」

どこまでも優しい彼の言葉がつらかった。裏切り者と罵られた方が、どんなにかましだろう。頬と唇に感じる温もりに身を委ねたくなる衝動を、葵は必死でやり過ごした。

「君につらい思いはさせたくない。それは今も変わらない」

晃介が手を離し、眉を寄せた。

「だけど子供たちのことは別だ。これからはあの子たちの父親として、君たち親子を支える。……それは、譲れない」

慌てて葵は首を横に振った。

「そんな……。そんなこと、してもらうわけにはいかないわ」

「葵、俺たちのことと、子供たちのことは別次元の話だと言っただろう？　あの子たちは、自分の父親が誰なのかを知り、その愛情と支援を受ける権利がある」

理性的で現実的な意見だった。

「もちろん方法は、君の意見を最大限尊重して決める。あの子たちをここまで育てた君が、一番いい方法を知っているだろうから。これからはあの子たちの父と母として協力関係を築くんだ」

そう言われては、拒否することはできない。母親としては子供たちのことを一番に考えるべきなのだから。父親がいない家庭で育ち、進学に苦労した葵だからこそ、そう強く思う。晃介が父親として支援し、愛情を注いでくれるなら彼らにとってはいいことに違いない。

「……少し、考えさせて」

でも今はこれが精一杯だった。昨日今日でがらりと変わった状況にまだ頭がついていけていない。

「気持ちの整理がついてなくて……」

「ああ、もちろんいいよ」

晃介がゆっくりと立ち上がった。

今夜出せる結論は出た。帰るつもりなのだろう。

連絡先を交換し、玄関で靴を履く彼の背中に、葵は思わず声をかける。

「晃介……。ごめんね」

言わずにはいられなかったのだ。

突然姿を消した自分を恨んでいてもおかしくはないのに、彼は内緒で生んだ双子を受け入れてくれた。今だって葵の言動は不可解なことだらけだろうに、追求しないでくれている。葵が知る中で彼は一番、優しくて強い人だ。

その彼を、自分はひどく傷つけている。

それはすべてが葵のせいというわけではないけれど、まったく違うとも言い切れない。彼を信じられない、弱さが招いたことでもあると思う。

「ごめんなさい……」

小さな声でそう言うと、靴を履き終えた晃介が振り返り、ふわりと微笑んだ。

「なんで謝るんだ。今日は楽しかったよ。ありがとう、おやすみ」

静かに閉まったドアを見つめたまま、葵はしばらく動けなかった。

胸がドキドキと高鳴って苦しいくらいだった。

笑うと右の眉が少し高く上がる、はにかむような彼の笑顔。

あの笑顔が、葵はなにより好きだった。

＊　＊　＊

「白河先生、今回もお見事でした」

約二時間かかったオペが終わり、準備室で手を洗っていた晃介は声をかけられて顔を上げる。話しかけてきたのは、同じ脳神経外科に勤務する研修医だった。

「あの難易度の腫瘍をあれだけ綺麗に取り除けるだけでもすごいのに、三時間かからないなんて！　先生の手術を見学できるだけでも僕この病院を選んでよかったって思います！」

やや興奮して彼は言う。

「ありがとう」

晃介はキャップを外しながら答えた。

白河病院の一部のオペ室は、上部がガラス張りになっていてどの医師もオペを見学することができるようになっている。勉強熱心な彼は、勤務の合間を縫って晃介のオペをよく見にきていた。

「モニターに映る先生の繊細な手技が素晴らしかったです！　あんなに素早くできるなんて神業としか思えない……！」

「大げさだな。確かに習得するのに訓練は必要だが君だって努力すればできるようになる。期待しているよ」

お世辞でもなくそう言うと彼は嬉しそうに頷いた。

「はい！　頑張ります。ところでさっきの症例では……」

人気のない廊下を医局目指して歩きながら、晃介は研修医の質問にできるだけ丁寧に答える。晃介自身も研修医の頃は暇さえあれば先輩医師のオペに張り付いていた。なにより、それが一人前の外科医になるための近道だからだ。

脳外科医となってから今までずっと血の滲むような努力をし続けてきた晃介にとって、彼は好感が持てる相手だ。だから晃介は、機会があれば可能な限り質問には答えるようにしていた。

途中病棟へ寄るという彼と別れ、医局の自席に戻った晃介は、すぐにスタッフから伝言を受け取った。父、白河大介からだった。

オペが終わり次第、理事長室へ来るようにとあるそのメッセージを、晃介は憂うつな思いで受け取った。あまり会いたい相手ではないからだ。

父と晃介は、成人してからは別々に住み、普段はめったに言葉を交わすこともない距離のある間柄だ。

とはいえ、彼は理事長でもある。今日のオペはさっきの患者が最後で、スケジュールに支障がない以上、無視するわけにいかなかった。晃介は、ため息をついて立ち上がった。

「失礼します」と断って理事長室へ足を踏み入れると、父は夕焼けの空を背にして机に座っていた。

「お呼びでしょうか」

晃介が歩み寄ると、特に前置きもなく彼は要件を口にした。

「理事の枠に空きが出た。後任はお前だ。来月三十五だろう。そろそろ経営の方にも興味を持って力を入れろ」

晃介はやはりという思いでため息をつく。三十を超えた頃から親子の会話といえばこれ、もしくは晃介の結婚についてだった。

父は医師ではあるが、理事長と病院長を兼任している。病院経営を主にしていて、現場に立つことはもはやない。それが白河家に生まれた者の使命だと昔からよく言っていて、晃介も同じ道に引き入れようとしている。

「手続きはしておいたから、次の社員総会で承認される。外科部長には、お前の業務を減らすように言っておく。再来月のスウェーデン研修に向けてその件だけに集中して外来からは外れろ」

一方的なその言葉に晃介は思わず眉間に皺を寄せた。

父の生き方を否定するつもりはない。病院はボランティア事業ではないのだから、経営が成り立たなくては患者を救うことはできない。だからといって父のように現場を手放すという選択肢は晃介にはなかった。

本棚に飾ってある亡き母の写真をチラリと見て、口を開く。

「……わかりました。それを了承いただけないなら、業務を減らす必要はありません。今まで通りでお願いします。それを了承いただけないなら、理事の話はお断りします」

その答えに大介は眉を上げたが、なにも言わなかった。

「用件はそれだけですか？　ならこれで失礼します」

そのまま部屋を出ようとすると、父に止められた。

「今夜は家に寄っていけ、夕食を用意してある」

それに、迷うことなく晃介は答えた。

「調べ物がありますので、……それでは」

親子とは思えないくらい他人行儀な会話だが、これが白河家では普通だった。昔から家庭を一切顧みず、母と自分をほったらかしだった父との間に親子としての情はない。それどころか、晃介は彼を憎んでいるといってもいいくらいだった。

原因は、母の死だ。

晃介が医大を受験する年、母の脳に腫瘍が見つかり、治療の甲斐なく三カ月後に亡くなった。

珍しい症例で誰もが不運だったと言ったけれど、そうではないと晃介は思っている。母は病気が見つかる半年前から頻繁に起こる頭痛を父に訴えていたのだ。でも父はそれを家庭を顧みない自分へのあてつけだと思ったようだ。気のせいだろうと繰り返すばかりだった。

製薬会社の社長令嬢だった母とは、いわゆる政略結婚だったから愛情はなかったということか。だが母の方は別だった。長年父を陰ながら支えた母は、父の言葉を信じ、父の言う通り痛み止めでやり過ごしていたのだ。

晃介が受診を強く勧め、検査した時にはすでに手遅れの状態だった……。

ひとりでも多くの患者を救うために病院経営が大切なのは理解できる。だから理事にもなる。だが絶対に父のような医師にはならないと晃介は固く心に決めていた。

医局へ戻り残りの業務を片付けて、晃介は自宅マンションへ帰る。車の鍵をセンターテーブルへ置き、リビングのソファへ身を沈める。そして一昨日からの二日間で起こった奇跡のような出来事に思いを馳せた。

葵が姿を消してからずっと、晃介は色のない世界を生きてきた。どうやっても消えない彼女への想いを抱えて、ただ目の前の責任を果たし続ける日々だ。

葵から別れを告げられたのは突然のことだった。

学会のため二週間地方へ行っている間に、彼女はいなくなっていた。もう好きではなくなったから別れてほしいというメッセージだけを残して。

裏切られたのだ、ひどい女だったと、いくら自分に言い聞かせても彼女を恨む気持ちが心のどこからも湧いてこないことも、晃介を苦しめた。

メールひとつで別れを告げて仕事も辞めて姿を消す。

それが晃介の知る彼女からは考えられない行動だったからだ。晃介との関係は抜きにしても、晃介が知る限り彼女は仕事への情熱に満ちていた。

なにかよからぬことに巻き込まれたのではないだろうかと心配になり、看護師長に確認したくらいだ。

『正式な退職届が出ている、退職は彼女の意思に間違いない、地元へ帰ったと聞いている』という回答で一度は納得したつもりだったけれど……。

――あの別れは、本当に葵の意思だったのか？

昨夜の彼女の様子は、晃介に再び疑念を抱かせるには十分だった。

冷たい態度を取りながら、こらえきれずに見せた涙と、血が滲むほど強く噛んだ唇、引っ越しを繰り返したはずなのに置いてあった自分の服。

晃介には、言えないなにかを抱えているような……。

晃介はため息をついて、窓の外へ目をやった。遠くスカイツリーが見えるここからの眺めを彼女は気に入っていた。

『スカイツリーを見て喜ぶなんて、田舎者って思ってるでしょ』

そう言って無邪気に笑う彼女が、誰よりも愛おしかった。

少し痩せた細い肩、苦悩に満ちた姿を見ているのはつらかった。

帰り際に呟いた消え入りそうな『ごめんなさい』の言葉が胸を刺した。

すぐにでも振り返り抱きしめて「つらいことがあるのなら言ってくれ、俺がすべてを解決する」と叫びたい衝動に駆られたが、奥歯を噛み締めてなんとかそれをやり過ごした。

もうすでに十分つらそうな彼女を、これ以上追い詰めたくなかったからだ。あまり強く言いすぎて、また姿を消されてしまうのも怖かった。

首を振り目を閉じると、脳裏に夢中でカレーを食べていた晴馬と悠馬の姿が浮かぶ。

それとともに今まで経験したことのない温かな思いが胸の中に広がった。

たったひとりで双子を生むと決めた葵。彼女のその決断を、晃介は生涯感謝し続けるだろう。

彼らが自分の子だと確信した瞬間、モノクロの世界に再び色がついた。

愛する人と自分との間にできた、なにものにも代えがたい尊いふたつの命が、これからの人生を照らしてくれる。彼らさえいれば、たとえ葵の心が戻らなかったとしても、自分はもう二度と生きる意味を見失わずに済むだろう。

ふたりの関係を職場に知られることを嫌がった彼女とは、病院から少し離れた場所にあるこのマンションで一緒の時間を過ごすことが多かった。

かつてふたりが愛し合った部屋。

思い出の詰まったこの場所で、スカイツリーを見つめながら晃介は確信する。

不可解なことだらけだとしても、今自分がやるべきことはひとつだと。

——葵を支え、双子に愛情を注ぐ。持てる力のすべてをかけて。

それだけだ。

晃介の愛情

頬をペチペチと叩かれているような気がして葵は眠りから覚める。お腹のあたりがなんだか妙に重かった。

ゆっくりと目を開くと、すっかり明るくなった寝室の天井を背に、悠馬が葵を覗き込んでいた。

「あーま！　あーま！」

お腹の上には晴馬がまたがっている。時計を見るとすでに朝の九時を回っていた。

晃介と再会してから一週間が経った。今日は土曜日で仕事は休みだとしてももう起きるべき時間だ。

「あーま！」

「まんま！」

朝寝坊な母親をふたりして起こしてくれたのだ。

でも葵はすぐには動けなかった。

なにしろ双子と過ごす一週間は、ハードのひと言だ。一晩寝たくらいで、疲れが取れるはずがない。

「うー、もうちょっと寝ようよ～」

うめきながら枕に突っ伏すと、悠馬まで葵の背中によじのぼり、ふたりしてお尻をどすんどすんとしはじめる。

「あーま！」

「まんま」

「う……。ぐう……。もう……そんなことするならこうしてやる‼」

葵はぐるりと向きを変え、布団に投げだされたふたりを捕まえる。そしてふたりまとめてこちょこちょとくすぐった。寝室に、きゃー！という声があがった。

「降参する？　ふふふ、ごめんなさいは？」

そのまま、布団の上で転げ回るふたりのおむつを替えた。こんなひと時が葵にとってなにものにも代えがたい幸せな時間だ。どんなに疲れていてもこの笑顔のためなら頑張ろうと思える。

ケラケラ笑うふたりのほっぺにキスをして、朝ごはんにしようかと葵が起き上がった時、玄関の呼び鈴が鳴った。

葵はそのまま動きを止めて首を傾げる。

誰だろう？

引っ越してきたばかりのこの家に、それも土曜日の朝から訪ねてくる人物に心あたりはなかった。

「ちょっと待っててね」

双子に声をかけて立ち上がり玄関へ向かう。

開けたドアの先にいたのは晃介だった。

「いきなり開けるなんて、不用心だな。チェーンくらいしないと」

パジャマのまま出てきた葵に、眉を寄せて小言を言う。

「え？　こ、晃介？　ど、どうしたの!?」

葵は目を丸くした。

「どうしたのって、今日は休みだから、行くってメールしたんだけど……その様子だと寝てたみたいだな」

言いあてられて、葵は真っ赤になってしまう。頭はボサボサ、パジャマのままだから言い逃れはできなかった。

「メールしたって……でも、どうして……？」

「葵がなかなか返事をくれないからだ」

少し不満そうに彼は言った。

先週の土曜日に、葵が彼に『考えさせてほしい』と告げたことを言っているのだ。

まだ考えがまとまっていなくて、葵ははっきりとした答えを出せていない。

もちろん母親として助けてほしいことはたくさんあるし、双子には愛情を注いでほしい。でもやっぱり白河大介にこの件を知られるのが怖かった。

葵と晃介が付き合っていることを大介が知ったのは、調査会社に息子の調査を依頼したからだ。無理やり別れさせた後も本当に会っていないかしばらくは監視していたはずだ。さすがに二年が経った今も監視し続けているとは思えないが、恐怖心はなくならない。

さらに言うと晃介本人の口から会っていることがバレるのではないかということも心配だった。

葵の知る限り晃介と父親の関係は、あまりいいとはいえない。同じ病院に勤めていたから一緒にいるところは何度も目撃したが、会話をしているところは見た記憶がない。その上付き合っていた頃から彼は不自然なくらい家族の話をしなかった。

なによりも父親である大介が晃介の調査を依頼して、彼の意思をまったく無視して葵に別れを迫ったことが、それを物語っている。だからすぐにバレるとは思えない。

でもなんといっても親子なのだ。ずっと秘密にしておけるわけがない。

それなのに晃介と双子の交流を安易に増やしてもいいものか、判断がつかなかった。

「ちょっといろいろ考えてて……。そんなにすぐに決められないよ。まだ一週間しか経っていないのに」

言い訳をするようにそう言うと、晃介が肩をすくめた。

「でも、子育ては待ったなしだろう？　この前カレーをかぶってよくわかったよ。だから休みの今日、葵が疲れてるなら少しでも休めるようにって思って来たんだけど」

「疲れて……。そ、それは……まぁ、そうだけど。でもそんなわけにはいかないわ。子供の面倒を見るのって簡単じゃないのよ。人見知りもするだろうし」

仕事と育児、それから今週は晴馬の通院もあったから疲労困憊の一週間だった。だから本当なら彼の申し出はとてもありがたい。

でもそれを素直に受け入れるわけにいかなくて、葵は別の角度から理由をつける。

「簡単じゃない。……そうか、それはそうだろうな」

晃介は、葵の言葉に素直に頷いている。葵の意見を最大限尊重すると言った言葉を実行してくれているのだろう。

そこへたたみかけるように葵は言う。

「まだ慣れない人に面倒を見てもらうなんて、ふたりは戸惑うだろうし……。無理させるわけにも……」

とそこで、晃介がなにかに気がついたように葵の足もとに視線を向ける。

「お！」と言ってにっこりと笑った。

「起きてるのか。おはよう」

いつのまにか双子が玄関まできてしまっている。彼の顔を見るのは三回目になる晴馬が「おー！　おー！」と指差して裸足のまま、彼の足もとへ出ていった。

「あ、はるくん！」

晴馬より慎重な性格の悠馬の方は、ドアの内側にいるが、晴馬と同じように「おー！　おー！」と言って晃介を指差している。

「もしかして、覚えてくれてるのか？　えらいなぁ」

晃介が目を細めて駆け寄ってきた晴馬を抱き上げた。

「抜糸できたんだな。もう痛くないだろう？」

さっそく晴馬の傷を確認して、優しく声をかけている。

背の高い晃介に抱かれると視線が高くなってワクワクするのか、晴馬がにこにことした。するとそれを見ていた悠馬の方も出ていってしまう。

「あ、ゆうくん！」

気がついた晃介が悠馬も抱き上げた。

「悠馬、おもしろい寝ぐせがついてるぞ？」

軽々とふたり一緒に抱く姿に、葵の鼓動がとくんと跳ねた。

晃介が葵に視線を戻した。

「ごめん、話が途中になったな。えーと、なんだった？」

よく似た三人が笑い合う姿に心奪われてしまっていた葵はそう言われてハッとする。

「えーと……」

慌ててさっきまで言おうとしていた言葉を思い出した。

「子供たちが心を許した人でないと面倒は見られないっていう話……」

でもそこで晃介に抱かれるふたりを見て口を閉じた。人見知りをするどころか、ふたりともすごく嬉しそうだ。

「葵？」

急に黙り込んだ葵に、晃介が首を傾げる。その晃介の腕の中で双子が不思議そうに大きな目をパチパチさせた。

葵は周りを見回して誰もいないことを確認してから口を開いた。

「……なんでもない。とりあえず中に入ってくれる？」

晃介を家に入れた後、葵はすぐに朝食の準備に取りかかった。

メッセージを入れたからといっても返信もないのに家に来た晃介に、言いたいことはあるけれど、ゆっくり話している暇はない。彼がさっき言った通り子育ては待ったなしだ。

パンとスクランブルエッグ、りんごを載せたプラスチックの皿を、ふたりの前に並べる。

「じゃあ、いただきますしような」

晃介がどこか弾んだ声でふたりに言った。

晴馬と悠馬は小さな手をパチンと合わせ、すぐに目の前のパンを手に取りかぶりついた。

「パン好きか？　りんごうまそうだな」

そう言いながら双子を見守る彼は、今日は並ぶ双子の中央に座っている。先週のカレーべったり事件を教訓にそうした方がいいと思ったようだ。夢中で食べる双子に手を出しすぎず、でも無理そうなところは手助けをして、まだ二回目なのにすっかり要領がわかったようだ。

　考えてみれば彼は医療業界でもトップクラスの優秀な外科医なのだ。やろうと思えばたいていのことはそつなくこなすことができるのだろう。

　しかも手先の器用さは普通の人とは比べ物にならない。晴馬の口から垂れたスクランブルエッグを箸で口に入れるのも安心して見ていられた。

　双子がご飯を食べはじめたのを見届けて、葵は自分の分の朝食と彼に出すためのコーヒーを準備する。なんだか変な気分だった。

　いつもなら双子にご飯を食べさせるのは葵の役割だから自分の分の朝食をゆっくり食べる暇はない。あれこれやっているうちに忘れてしまいトースターに食パンがほったらかしになっていて、夕方になって気がつくこともあるくらいだ。

　どこかゆったりとした気持ちで自分の食べる分を準備するなんて彼らが生まれてからはじめてのことだった。

「晃介も……食べる？　ただのジャムパンとコーヒーだけど」

　尋ねると、晃介がこちらを見て微笑んだ。

「いいのか？　ありがたい。朝ごはんは食べてきたけど、また腹が減ってる」

　食パンをトースターに並べてセットして、コーヒーの準備をしながら葵は考えを巡らせる。そしてさしあたって今聞いておくべきことを口にする。

「あの、晃介?」

「ん?」

「あのさ、このこと……誰かに話した?」

なにげない風を装って葵は彼に尋ねた。彼が家に来ていることを誰かに知られるのがとにかく怖かった。直接大介に言わなくても職場が一緒なのだからどこかから漏れないとも限らない。

「……いや、誰にも」

晃介が、悠馬が落としそうになったりんごを受け止めながら首を横に振った。

その言葉にとりあえず葵は安堵する。

……でもそれでは心もとない。

このことを、誰にも言わないでほしいとお願いしたら、彼はどう思うだろう?

ふたつのカップにコポコポとお湯を注ぎながら葵が考えていると晃介が口を開いた。

「俺は葵が嫌なら、絶対に誰にも言わないよ。この子たちの父親でいさせてもらえるだけで、満足だ」

その言葉に驚いて振り返ると、真摯な眼差しが真っ直ぐに自分を見つめていた。

「一生秘密にしてほしいと言うならそれでもいい。その逆で公(おおやけ)にしてほしいと言うならばそうしよう。……すべてのタイミングを君とこの子たちに委ねる」

　まさかそんなことありえないと、葵は思う。彼は、葵がそうしてほしいと言ったら一生秘密にしたまま、双子への責任を果たし続けるというのだ。

「晃介……」

「約束する。君がいいと言うまでは絶対に誰にも言わないよ」

　力強く言い切って晃介はまた双子に視線を戻す。

「晴馬、お前本当に食べるのが早いなぁ」

「あ、うー！」

　葵は返事もできないままに、その姿をジッと見つめた。

　きっと、さっきの葵からの問いかけに、葵が周りに知られることを恐れていると察したのだ。ならばそうすると彼は約束してくれた。しかも理由も聞かないで……。

『晃介を信じてみるか？』

　白河大介の言葉が頭に浮かんだ。

　あの日あの時に戻ったとしてもやっぱり自分は頷かないだろう。

　でももし、今、同じことを聞かれたら……？

食器を片付けて、テーブルを拭きながら葵はリビングをちらりと見る。

真ん中を陣取るのは室内用のジャングルジムだ。よじのぼる晴馬と悠馬のすぐそばで晃介が見守っている。

朝食の後、晃介がお土産に買ってきた大好きなヨーグルトをもらったふたりは大興奮でそれを食べた。そしてそのまま三人で遊びはじめたのである。滑り台を踏切みたいに腕で塞いだり、一番上まで登れたと手を叩いて褒めてくれたりする晃介に双子はきゃあきゃあ声をあげて、実に楽しそうだ。

テーブルを拭き終えて布巾を流しへ持っていき、葵はそのまま食器を洗いはじめる。

そんな何気ないこともどこか新鮮だった。

いつもなら双子の世話で食器洗いは後回し。彼らが寝た後に疲れた身体を引きずるようにして、一日の分をまとめて洗うのに。

「今日はなにか予定があるのか？」

晃介に尋ねられて、葵はうーんと首を傾げた。

「これといってべつに予定はないけど」

たいていそういう日は、午前中に溜まった家事を済ませて、昼ごはんを食べた後公園へ行く。その後、スーパーへ寄って帰るのだ。

葵はそれを彼に告げる。そしてため息をついた。

「でも、家事も買い物も双子がいるとなかなか計画通りにはいかないんだけどね……」

するると晃介が、少し考えて迷いながら口を開いた。

「じゃあ……もし葵がよければ俺がこのまま午前中こうやってふたりを見てるよ。そしたら葵は家事ができるだろう？　午後の公園も俺が連れて行くから、その間に買い物でも休憩でもすればいい」

その提案に葵は驚いて聞き返す。

「え？　……晃介が？」

「ああ。……無理かな？　この近くにフェンスに囲まれた公園があるだろう？　あそこなら安全そうだと思ったんだけど。ママがいないと泣くかな？」

そう言われて、葵は楽しそうに遊ぶふたりに目をやる。

大丈夫かもしれない。

晃介にもある程度慣れたようだし、そもそも彼らは公園が大好きで夢中で遊ぶから、母親の不在はあまり影響しないような気がする。

通っている保育園でも初日から母親とのバイバイもそこそこに遊具とおもちゃにまっしぐらだった。

ふたり別々に動くから見るのは大変だけど、それほど危ない遊具もない。

「でも、晃介が大変だよ？　ふたり別々に動くから……」

「大変なのはかまわないよ。もちろん危ないことさせないし、十分に気をつける。泣くようだったら無理はしない」

真剣な顔で頼まれてはダメとは言えなくなってしまう。そもそも、ここへ来るまでに安全そうな公園をしっかりリサーチしているところからして彼の本気が伺える。

「じゃあ……お願いします」

「やった」

晃介がにっこりとした。

本当に嬉しそうなその様子に、葵はまたもや驚いた。

正直言って意外だった。

先週彼に『父と母として協力関係を築く』と言われた時に、葵がイメージしたのと、彼の行動が大きく違っているからだ。

葵の想像では父親として支えるというのは、時々双子と交流して、養育費として金銭的な支援をするというような少し距離のあるものだった。もちろんそれだって愛情は伝わるだろうし、十分にありがたいけれど、まさかこんな風に直接手助けをしてくれるなんて。

「じゃあ、午前中にオムツくらいは替えられるようにならないとな。後でやらせてくれ」

少し張り切って、晃介が双子に話しかけるのを、複雑な思いで葵は見つめていた。


「今日はありがとう」

一日の終わり、双子がすやすやと眠る寝室の隣のリビングで、テーブルを挟み葵は晃介と向かい合わせに座っている。

「すごく疲れたでしょう?」

晃介が微笑んだ。

「まぁ、そうだな。ふたりがあんなに動くとは思わなかったよ。晴馬の方がちょっとやんちゃだな」

「うん、すごく足が速いの。そのうち私、追いつけなくなるんじゃないかな?」

「だろうな。でも大丈夫、そしたら俺が捕まえるよ」

晃介の言葉に曖昧に頷きながら、葵は不思議な気持ちになっていた。

彼はこれからもこんな風にふたりと関わっていくつもりなのだ。そして葵はそれをもうどこかで受け入れている。

彼と双子のことについて、今朝までは確かに答えを出せていなかったはずなのに。

今日一日、彼はよく子供たちの面倒を見てくれた。

午前中に、家の中で遊びながらオムツ替えをマスターして、おやつやお昼ごはんを食べさせた。そして昼寝をさせた後、水筒を持って三人で出かけていったのだ。

葵の方は、家で少し休憩をしてからスーパーへ行った。来週の献立を考えながらひとりでゆっくりと買い回るのもはじめてのことだった。

夕方、帰ってきた時の満足そうなふたりの顔に、葵の胸は感謝の気持ちでいっぱいになった。たっぷりと遊ばせてもらったと顔に書いてあったからだ。

いつもなら公園遊びをさせたとしてもスーパーへ行く時間、夕食の時間が気になって、早々に切り上げなくてはならない。遊び足りないと泣かれてしまうこともある。子供は遊ぶのが仕事だなんていうけれど、そうさせてあげられないことをもどかしく思う日々だった。だからふたりのすっきりとした顔を見るだけで、彼に来てもらえてよかったと素直に思えたのだ。

我ながら単純だ、と自分でも思う。けれど一方で当然だとも感じている。

子育てはいつだって現実で、助けてくれる手はいくつあっても足りないくらい。ここまでほとんどひとりでふたりを育ててきた葵には、その手がどれほどありがたいものなのかよくわかる。

「こんなにゆっくりとできた週末、ふたりが生まれてからはじめてだった。ありがとう、晃介」

葵は素直な言葉を口にする。

とはいえ、気にかかることがひとつだけあって、迷いながら彼に問いかけた。

「……でも晃介って、こんなに子供好きだったっけ？」

晃介がふたりにここまでよくしてくれることを少し不思議に感じたのだ。

自分の子だから愛情を注ぐのはあたりまえだというのは綺麗ごとだと葵は思う。お腹の中に命が宿った瞬間からずっとそばにいる葵はともかくとして、彼は先週会ったばかりなのだ。まだ戸惑っていてもおかしくはない。

そもそも出産自体知らなかったのだから、子供に対する責任を煩わしく感じたっておかしくはないのに。受け入れるどころかもうすでに葵と変わらないくらいに双子のことを考えてくれている。それが少し不思議だった。

不自然、とまではいかないけれど。

「すごく可愛がってくれて、ありがたいけど。でもいきなり自分の子がふたりも現れて、戸惑ったりしないのかなぁって……」

手元のカップを見つめて、言葉を選びながら葵は言う。

晃介はそれを、瞬きをしながら聞いていた。

「晃介は出産に同意したわけじゃないから、勝手に生んでって怒られたって仕方がないと思ってたくらいだったもん。会ってまだ一週間なのに、そこまでしてくれるのがちょっとびっくりっていうか。どうしてかなって……」

その葵の疑問に、晃介はしばらく沈黙してから、ぽつりと呟いた。

「どうして、か……」

そして少し遠い目をして、静かに話しはじめる。

「……俺、葵のこと、本当に好きだったんだ」

その言葉に、ハッとして晃介を見ると、彼はわずかに微笑んだ。

「大好きだった、愛してたんだ。葵がそばにいれば、それだけで幸せだった。……一生、大切にするつもりだった」

切なさを滲ませる彼の声音に、葵は言葉を失って彼を見つめた。

晃介が目を伏せた。

「……葵がいなくなった二年はつらかったよ。仕事も、食事も、なにもかも意味がないように思えて、正直言ってどうやって過ごしていたか覚えてないくらいだ」

彼の口から語られるふたりの空白の時間。低い声音と暗い瞳に、葵の胸がきりりと痛んだ。

自分も同じようなものだった。

突然奪われた彼との未来。無理やり選ばされた道のその先は、彼と過ごした煌めくような日々とは真逆の世界が広がっていた。

見るものすべてが灰色にしか見えなくて、なにを食べても砂のような味がした。

それでもどうにかやってこられたのは、子供たちがいたからだ。彼らの存在に救われた。

晃介が、子供たちが眠る寝室の襖に目をやった。

「でもあの子たちが自分の子だと確信した時、世界が変わったように感じたんだ。あの子たちが俺を必要としてくれるなら、俺はいる意味がある。……生きていける。大げさじゃなくそう思ったよ」

晃介が葵に視線を戻す。瞳に光が戻っていた。

「たとえ、葵の心が戻らなかったとしても、ふたりが愛し合った事実は残るんだ。かけがえのないふたつの命として」

色を失った味のない世界を、彼はたったひとりで過ごしてきた。そこに突如として現れたふたりに、希望を見出したのだとするならば、再会してからの彼の行動は納得だ。喉の奥が熱くて、胸が締め付けられるように痛かった。

晃介が眉を寄せて葵を見た。

「葵？……悪い。子供たちのこと、こういう言い方をされるのは嫌だったか？」

そう言われてはじめて、葵は自分が泣いていることに気がついた。

問いかけには答えられなくて、ただ首を横に振った。

自分もそうだったと言えたなら、どんなにかいいだろう。

私もあなたと同じことを考えた、たとえふたりが結ばれなくても、愛し合った証があれば、生きていけると思ったと。

「……晃介」

「ん？」

「あの子たちとのこと、これからいっぱい愛してあげてね」

今言える精一杯の言葉だった。

つらくて悲しい思いをさせたことへの償いにもならないだろう。

――それでも。

「ありがとう」

晃介が、その言葉を噛み締めるように目を閉じた。

「じゃあ、そろそろ帰るよ。また来る」

「うん……。気をつけて」

涙を拭いて、葵は彼を玄関まで見送る。

靴を履く晃介の背中が、一瞬動きを止めて沈黙する。

「晃介……？」

振り返り、真っ直ぐに葵を見つめた。

「葵。さっきはああ言ったけど、俺、諦めたわけじゃないから」

「……え？」

「一生かけて、葵の心を取り戻すつもりだ」

思いがけない告白に、息を呑んで葵はただ瞬きを繰り返す。

そこへ晃介がたたみかけた。

「俺の気持ちはあの頃から少しも変わっていない。君が誰よりも大切だ。愛してるよ、葵。……おやすみ」

静かに閉まったドアを見つめて、葵はその場に座り込む。真っ直ぐな視線と熱い言葉に胸を貫かれたような心地がした。

今この瞬間に、自分の中のなにかが変わるのを感じていた。

——もう一度、考えてみよう。

強い思いが頭に浮かぶ。

葵と晃介、それから子供たちの未来のために、怖いものからただ逃げるだけの生き方はやめにするのだ。

『愛してる』

変わらない思いをくれた晃介となら、きっとそれができるはず。

「晃介」

呟いて、葵はゆっくり目を閉じた。

＊　＊　＊

「おはようございます、伊東さん体調はいかがですか？」

声をかけながら病室のドアを開けると、中にいた女性がベッドから起き上がる。晃介を見て微笑んだ。

「先生、おはようございます」

「変わりはないですか？」

「はい、やっぱりお腹の傷は痛いですけど」

入院中でありながら幸せいっぱいだというのが表情から溢（あふ）れているこの患者は、昨日白河病院で出産したばかり。脳の疾患によるハイリスク出産で、晃介も脳外科医として帝王切開に立ち会った。

「あまり痛むようなら無理しないで痛み止めをもらってくださいね」

晃介の担当は、お産により彼女の脳疾患が悪化しないよう見守ることだが、安心させるためそう言う。

「昨日の検査では頭の方も特には問題ありません。このままいけば予定通り赤ちゃんと一緒に退院できますよ」

彼女はホッとしたように涙ぐんだ。

「先生、ありがとうございます。私が赤ちゃんを抱けるなんて夢みたいで」

「伊東さんがしっかりと病気と向き合ってこられたからですよ。僕も嬉しいです。さっき新生児室を覗いてきましたけど、赤ちゃんも元気そうだった。よかったですね」

日常生活に支障はないが、しっかりと管理していかなくてはならない疾患を抱える彼女は、もともと晃介の患者で出産に関しても慎重に相談しながら進めた。晃介としても感慨深いお産だった。

「では退院前にまた来ます」

そう告げて、病室を出る。

廊下を進み外科病棟へ向かう途中、新生児室を通りかかる。ガラス張りの向こうに新生児が並んでいる。みゃーと泣く声が可愛らしかった。

産婦人科病棟らしいこの光景を晃介は今まで何度も目にしたことがある。それが今は以前とは違って目に映るのだから我ながらげんきんなものだ。言うまでもなく、葵と双子たちの存在がそうさせているのだろう。

同時に、いつだって命がけである出産を、葵はひとりで乗り越えたのだということに思いあたり胸が痛んだ。きっと不安でつらいこともあっただろうに、そばにいられなかったことが悔やまれた。

葵と再会してから一カ月が経った。

はじめは極端になにかに怯え晃介と会うことも消極的だった彼女だが、休日を一日一緒に過ごしたあの日から、明らかに変わりはじめた。

人目を気にするのは相変わらずだが、子供たちとはいつでも会っていいと言い、そのための協力を惜しまないようになった。晃介は都合がつく限り彼女の家へ行き、育児を手助けした。

おそらく、晃介が双子への思いを率直に語ったことが影響しているのだろう。あるいは、その後の彼女への告白が……。

双子たちと自分の関係について一生秘密にしてもいいし、今すぐ公にしてもかまわないと言った言葉は本心だ。すべてを葵がいいと思うようにさせたかった。自分は三人のそばにいられればそれだけで十分幸せなのだから。

そうやって過ごしたこの一カ月間で、彼女がなにかを抱えているということはほぼ間違いないという確信を晃介は深めていた。

子供たちをたくさん愛してほしいと言った彼女。その後、『私、父親は小さい頃に亡くなっているでしょう？　母に大切に育ててもらったけど、やっぱり少し寂しかった。ふたりは父親を知ることができてよかったな』とこぼしていたこともある。

そんな彼女が、出産を自分に言えなかったのはよほどのことがあったのだ。そしてそれは今も解決していない。

理事になってから与えられた外科病棟の個室に戻り、晃介は帰り支度をする。今は夜勤明けだから、これで勤務時間は終了だ。

晃介が白衣を脱いだ時、コンコンとドアがノックされる。

「先生、すみません。少しよろしいですか?」

「どうぞ」

入ってきたのは脳神経外科の看護師長だった。

「夜勤明けに申し訳ありません」

「いえ、大丈夫。どうかしました?」

「先日依頼があった退職者のリストを作ってきました」

そう言って差し出されたのは、ここ五年間の看護師の退職者リストと退職理由を一覧にしたものだ。一週間ほど前に彼女に依頼しておいた。

「ありがとう、早かったですね」

礼を言って晃介は受け取った。

時間がある時でいいと伝えておいたのに予想以上に早く提出されたことに、彼女自身のやる気を感じた。

今月の頭に、晃介は理事に就任した。そしてすぐに取り掛かったのが人事改革、すなわち職員たちの労働環境の改善だ。

ここ白河病院は、白河一族の医師が優遇される傾向にあるという歪(いびつ)な評価制度が敷かれている。その上、看護師の地位も低く見られがちで、人の入れ替わりが激しいと感じていて、そのことに晃介は危機感を覚えていた。このままでは、優秀な人材が流出し、白河病院が誇る国内最高峰の医療を保てなくなる可能性がある。

看護師たちを取りまとめる立場にある看護師長はそれがよくわかっているのだろう。頼んだ報告書がすぐに上がってきたことからもそれが窺えた。

「勤めはじめて三年以内に辞めた者と、それ以上の者とに分けてあります」

資料にざっくりと目を通す晃介に、看護師長が説明をする。勤務開始からすぐに辞めた者たちの退職理由に、白河病院の問題点がありそうだ。

「ですが、付属の看護学校出身者で奨学金をもらっていた者はまた別にしてあります。三年経たないと奨学金の返済義務が残りますから、四年目で退職したとしてもこちらのグループに入れてあります」

頷きながらページをめくり、晃介は手を止めて眉を寄せる。葵の名前を見つけたからだ。

彼女が辞めたのは二年前だから、それ自体は納得できる。不審に思ったのは名前の横に奨学金をもらった旨の記載があったからだ。退職理由の欄は空白だった。

「……谷本葵さんは、奨学金をもらっていたんですか？」

晃介が尋ねると、看護師長は資料を覗き込み答えた。

「そのようですね」

「でも、三年経たないで辞めている……。いえ、彼女はすごくやる気のある子でしたから、よく覚えてるんです。辞めたと聞いて意外だった」

取り繕うようにそう言うと、看護師長が頷いた。

「あの時も先生、そうおっしゃっておられましたよね。私も同じでした。飲み込みも早いし、患者さんからの評判もよかったのに」

「理由は、わからないんですか？」

尋ねると彼女は難しい顔で頷いた。

「直接会っていないんです。ただ退職届が出されたと外科部長から聞いただけで」

「……奨学金は、返済したんでしょうか」

三年経たずに辞めれば、四百万円もの奨学金を一括で返済する義務が生じる。

「さぁ？　私はそこまでは……」

確かに看護師長に経理上のことまではわからないだろう。もう一度お礼を言うと彼女は部屋を出ていった。

ひとりになった部屋で、資料を睨みながら晃介は考えを巡らせる。

葵が付属の看護学校出身者だということは知っていた。でも奨学金をもらっていたことは初耳だった。

三年勤めれば消える類のものなのだから、隠していたというほどのことではないだろう。でもそれがありながら三年を待たずして退職したという点が引っかかった。うまくいっていた職場を四百万円もの借金を背負ってでも、去らなくてはならなかった理由とは？

自分との別れが関係しているのだろうか……。

晃介はデスクに戻り、電話の受話器に手を伸ばす。経理上の記録を調べれば、奨学金が返済されているかどうかくらいはわかるだろう。

でもそこで、電話が鳴って手を止める。

モニターに表示された番号は理事長室、すなわち父からだった。

「はい」

《晃介、いたのか。携帯に電話したんだが》

「夜勤明けで今終わったところです。どうかしましたか？」

直接話をするのは理事になれと言われた日以来だ。

《来月三十日なんだが、空けておいてくれ。お前に会わせたい方がいる》

「……会わせたい方？」

晃介は眉を寄せて聞き返した。

《ああ、厚生労働大臣政務官の山里さんだ。お前が理事になったと話をしたらぜひ会いたいとおっしゃってくださっていてね》

厚生労働省の役人との付き合いは父が最も力を入れていることのひとつだ。曰く、白河病院が国内屈指の最先端医療を担うために欠かせないのだという。理事になった晃介に引き継がせようとしているのだろう。

正直言って面倒くさいのひと言だ。だが、理事になった以上避けて通れないことでもある。

「……わかりました」

ため息混じりに答えると、父は時間と場所を告げて電話を切った。

やや憂うつな気持ちで晃介は携帯を手に取る。スケジュールを入れておくためだ。

すると葵から今日の帰宅時間を知らせるメッセージが入っていた。

今日は家に行くとあらかじめ伝えてある。

【いつも通り定時で帰ります。お迎えは父親になると保育園には伝えてあるのでお願いします】

夜勤明けで彼女よりも早く身体が空く晃介が保育園の迎えを担当することになっていた。メッセージの中の〝父親〟の文字に晃介の胸が温かくなった。

葵は、聡明な女性だと晃介は思う。

双子と晃介を交流させると決めたら、もう迷いはないようだ。

働きながら双子を育てるのがどれほど過酷なことかよくわかった晃介が、実際に助けになることをやりたいと言うと、無理のない範囲でやってほしいことを伝えてくるようになった。そして晃介が動きやすいよう段取りをつけてくれたのだ。

さっき看護師長が言っていた『飲み込みも早いし、患者さんからの評判もよかった』というのは事実だ。

晃介は立ち上がり、再び帰宅の準備する。

奨学金の件を経理に問い合わせるのはやめることにした。

葵のことだ。きっとよほどの事情があったのだろう。そしてそれを晃介に言わないのなら、その方がいいと彼女が判断したということだ。

その彼女の考えを晃介は尊重したかった。

双子と公園へ行く時のために買った動きやすいダウンジャケットを身につけて晃介は部屋を出た。

＊＊＊

葵の勤務先は自宅から徒歩二十分のところにある中規模の総合病院である。そこで、保育園が子供たちを預かってくれる月曜日から金曜日までの日中働いている。

仕事終わりのロッカールームで私服に着替えていた葵は、辻という同僚から声をかけられる。

「谷本さん、おつかれさま」

「辻さん、おつかれさまです」

「どう？　仕事にはもう慣れた？」

尋ねられて、葵は頷いた。

「はい、とりあえずひと通りのことは……。もちろんまだまだ覚えなくちゃいけないことはたくさんありますけど」

「そう。谷本さん、飲み込みが早くて助かるって主任が言ってたよ。私もそう思う。いい人が来てくれてよかった」

にっこりと笑う彼女は葵と同い年だが、新卒からここに勤めているから、出産で一時期仕事を休んだ期間のある葵より経験はずっと長い。その彼女から褒められたのが嬉しかった。

「ありがとうございます。頑張ります。子供がいて……夜勤ができなくて申し訳ないですけど」

二十四時間体制の総合病院だから、本来なら看護師たちも医師と同じように夜勤がある。でも小さい子がいる葵は免除されているのだ。

「それはべつに……谷本さんだけじゃないし。謝ることじゃないよ」

彼女は、気楽に言って肩をすくめた。実際、葵以外にもそういう職員は多かった。子供が大きくなれば、夜勤に入ってもらえばいい、と言われている。

「うちの病院、わりと人数多いし。長く勤めてもらうために無理はさせない方針なんだよね」

それは面接時に葵も聞いた話だった。

職員の採用を担当している高梨(たかなし)という外科部長が、職員の生活スタイルに合った勤務体制を整えることに気を配っているのだという。

だからこそ、双子がいてほかの人よりも休みが多くなることが十分に予想できる葵でも採用されたのだろう。

母の病気のために急遽決まった転職だったがいい職場に巡り会えてよかったと思う。

「だよね。高梨部長が来てから私たちも随分働きやすくなったんだよ」

彼女の言葉に葵は首を傾げた。

「高梨部長って別の病院から来られた方なんですか？」

「うん、確か四年前くらいに引き抜かれてきたんだ。白河病院から」

「白河病院から……？」

葵の胸がドキンと鳴った。

「そう。……でも本当のところ辞めさせられたんだって噂だよ。理事長に逆らったとかいう話で」

その言葉に葵は息を呑む。まさか、こんな近くに自分と同じ立場の人がいるとは思わなかった。葵がいた頃もそういう話はチラホラ耳にしたから、それほど珍しくない話なのかもしれないけれど。

「しかもびっくりなのが、高梨部長、理事長の親戚なんだって。従姉妹の婿……だったかな？　血が繋がっていないとはいえ身内でも容赦ないんだね。噂には聞いたことがあるけど、白河病院って怖いところなんだ……って谷本さん、どうかした？」

怪訝な表情で問いかけられて、葵は自分が無意識のうちに険しい表情になってしまっていたことに気がついた。

「あ、いえ……。私もう行かないと」

「ふふふ、お子さんたち待ってるもんね」

少し動揺してしまっているのを誤魔化すように言って、葵はそそくさと着替えを終えて病院を出た。

十二月の冷たい風を頬に感じながら、家を目指す。もうあたりは薄暗かった。

いつもならベビーカーを取りに一旦家に帰ってから保育園へ迎えに行く。一秒も無駄にできないという気分でこの道を歩くのだが、今日は別だった。

夜勤明けの晃介がお迎えに行ってくれているからだ。やることがひとつ少ないというだけで、随分心に余裕がある。

晃介と子供たちと交流させること自体にはもう迷いはなかった。彼がどういう気持ちで自分たちのそばにいるのかよくわかったからだ。

彼は子供たちにとって唯一無二の父親であり、大切な存在だ。葵が子供たちと彼の絆を断ち切るべきではない。

そのためには、もう合意書の中身自体はそれほど問題ではないと思うようになっていた。四百万円は大金だ。でももともとは、自分が学ぶためにかかったお金なのだから、働きながら一生かかっても返せばいい。手をつけてしまった退職金についても同じだ。今はそれができる職場にいるのだから。

今迷っているのは、二年前の出来事をどう彼に伝えるかということだった。

空白の時間を語る彼の悲痛な声がまだ耳から離れない。

あのつらい日々をもたらしたのが、唯一の家族である父親だと知ったら……？

葵だって同罪だ。

脅されてあなたを信じられなかったのだと告白して、彼に失望されてしまうのがやはりとても怖かった。彼の心が離れてしまうのではと怯えている。

……いつか落ち着いた気持ちで話せる日が来るのだろうか。

子供たちの父親と母親として、彼らを愛する穏やかな日々を過ごしていれば……。

早足で歩く葵の前方に、小さなスーパーが見えてくる。いつもならお迎えを優先して寄らないけれど、今日はせっかくだから子供たちが大好きなりんごを買って帰ろう。

そんなことを考えて、葵はさらに足を早めた。

リビングから聞こえるきゃあきゃあという楽しそうな声。室内用のジャングルジムによじのぼる双子と晃介が遊んでいる。葵はそれをキッチンから見つめていた。

「ご飯できたよ」

コンロの火を止めて声をかけると三人は嬉しそうにこちらを見る。

晃介が慣れた手つきで双子を抱き上げてベビーチェアへ座らせ、エプロンをつけさせた。

渡されたフォークでガンガンとテーブルを叩く晴馬と、おとなしく待っている悠馬に苦笑しながらうどんを置くと、ふたりともすごい勢いで食べはじめた。

「お前たち本当に、うどん好きだなぁ」

彼らの間に座り食べるのを見守りながら、晃介が言う。いつも彼は子供たちのそばに座り、葵がゆっくり食べられるように配慮してくれる。優しげな眼差しはもう父親そのものだった。

「同じものばかりでごめんなさい」

その彼の前、双子の手が届かない位置に味噌煮込みうどんを置いて葵は謝った。働きながら作る日々の食事は栄養バランスを考えて、というよりは簡単に作れて子供たちが食べてくれるものになりがちで、必然的にメニューが偏ってしまう。

晃介が微笑んだ。

「なんでだよ。俺、葵の味噌煮込みうどん好きだよ。具が山盛りで出汁がうまくて身いただきますをしながら彼が双子に声をかけると、晴馬が「あーう」と答えるような声を出した。

「なー、悠馬、晴馬」

体が温まる。

葵の胸に温かいものが広がった。

味噌煮込みうどんは付き合っていた頃に、葵が晃介によく作ったメニューだった。夜遅くに帰ってきて疲れている彼にぴったりのメニューだからだ。あの頃も彼は『葵の味噌煮込みうどんが好きだ』と言ってくれた。

「俺の分も作ってもらって、申し訳ないけど。俺が来ることで葵のやることが増えるなら意味がない」

やや申し訳なさそうに言う晃介に、葵は首を横に振った。

「お迎えも夕飯を作る間子供たちを見てもらえるのも、すごくありがたいから、これくらいなんでもない」

本当は、彼の食事を作ること自体を葵は楽しんでいる。今までは毎日の自分の食事なんて食べられればなんでもいいという感じで、子供たちの残りものやおにぎり一個で済ますことも少なくはなかった。

でも彼が食べてくれるのだと思うと、大人が食べる分もちゃんとしたものにしようと思える。我ながらげんきんなものだ。

とはいえそれをそのまま言うわけにはいかなくて、わざとなんでもない風を装った。

「どうせ自分の分も作るんだからついでだもん」

「ならいいけど」

晃介が微笑んだ。

「でももう今週は来られないな。オペ続きで……来週は水曜と土曜に来られると思う」

予定を告げる晃介の言葉に、うどんを食べていた手を止めて、葵は頷いた。

「水曜日と、土曜日ね」

そしてそのまま箸を置いて立ち上がり「水曜日と土曜日」と繰り返し呟きながらキッチンのカレンダーに丸をつけた。彼が来る日に印をつけたのだ。

「水曜日と土曜日……と、これでよし」

するとそれを見ていた晃介が噴き出した。悠馬の口にうどんを運びながら、くっくと笑っている。

葵は首を傾げた。

「晃介？　どうしたの？」

「いや、変わらないなぁと思って。そうやって口に出して頭にインプットするとこ」

そしてまた笑っている。

葵は口を尖らせた。

「こ、こういう癖は簡単には変わらないよ」

「みたいだな。今の病院ではどうしてるんだ？　前みたいに屋上で？」

「い、今の病院は屋上は閉鎖されてるから……庭の隅っこのベンチで」

そう言うと晃介がまたははと笑う。楽しそうな父親に双子が不思議そうに目をパチパチとさせた。

「でも、私だってもう新人ってわけじゃないから前よりは少なくなったのよ」

からかわれているのだと思い葵はぷりぷりして言い返す。またテーブルに座ってうどんを食べた。

でもそこで彼が。

「ならよかった。俺みたいなやつが、話しかけてくるかもしれないから気をつけて」

なんて言うものだから、噴き出しそうになってしまう。胸をトントンとしてからお茶を飲んだ。

ふたりが話をするようになったきっかけを彷彿とさせる言葉だった。

「そ、そんな人いないよ」

「そう？　でも俺は心配だ。葵、可愛いから」

「なっ……！」

葵への気持ちをまったく隠すことなくそのまま口にする彼に、頬が燃え上がるように熱くなった。

「そ、そんな心配無用だよ！　私、もう子供だっているのに」

突然大きな声を出した母親に双子が不思議そうにする隣で、晃介が肩をすくめた。

「そんなの関係ないってやつはいっぱいいるよ。げんに俺だって葵と出会う前は、八歳も年下の新人看護師に声をかけるなんてありえないって思ってたのに、自制できなかったんだから」

「じ、自制できなかったって……。晃介、なに言ってるの？」

自制できなかったという不可解な言葉に葵は驚いて聞き返した。

あの屋上での出来事は、ただ休憩場所が同じだから偶然起こったことのはずなのに。

「屋上で話すようになったのは、たまたまでしょう？」

尋ねると、晃介が首を横に振った。

「いや違う。もちろんふたりともがあそこを休憩場所にしていたのはたまたまだけど、俺は葵じゃなかったら声をかけなかったよ。だいたい、声をかけるより前から俺はあそこで休憩する君を見ていた」

「え……ええ⁉　ど、どういうこと？」

　はじめて聞く事実に葵は目を丸くする。

　その葵を晃介は愉快そうに見てから、少し真面目な表情になった。

「……うちの病院ってさ、俺の曽祖父が開いた病院で、親戚一同、医者でありながら経営に携わっているだろう？　叔父や叔母、従兄弟たち。皆医者で病院内では特別待遇を受けている。……もちろん俺も」

　意外な切り口から始まった彼の話に、葵の胸がどきりとした。恋人同士だった時から今まで彼の口から家族の話が出るのははじめてのことだった。

「逆に親戚ではない医師たちが認められるためには、たくさんの症例にあたり、実績を積む必要がある。もちろん俺ら白河家の医師もそうするけれど、出世のための必須条件ではない」

　晃介はそこで言葉を切ってため息をついた。

「そんな環境では患者を症例としか見られなくなるのも無理はないのかもしれないけど、歯がゆく思うことが多かったよ。医局ではいつも難しいオペ、珍しい症例の奪い合いだ。患者のことはそっちのけで、いかに上に認められるかだけしか考えていない医師も少なくはない。だけどそれに俺が意見したところでただの綺麗ごとでしかないのも事実だ」

晃介は、院長となることが決められている立場だから。

患者を症例としてしか見られなくなる。

白河病院に勤めていたことのある葵にとっては心あたりのある話だった。医師の中には患者の名前さえ覚えていない者もいた。

「……あの頃俺、少し疲れてたんだ。病気で苦しむ人を助けたい。ただそれだけを考えて医者になったはずなのにって……。そんな時に葵が入職してきた」

「私……？」

「そう。とにかく患者のことだけを考えてますって顔に書いてある一生懸命な姿に、心が洗われるような気がしたよ。姿を見ていると初心に戻れるような気がして、いつのまにか目で追うようになったんだ」

そう言って彼はまた穏やかな表情に戻る。綺麗な瞳に見つめられて葵の胸がドキンと鳴った。

「で、でも、そんなの私だけじゃないはずよ」

頬が熱くなってしまったのを誤魔化すように葵は言う。でも本当のことだった。白河病院には毎年何十人という看護師と研修医が新卒で入職する。誰だってはじめは、医療への志で胸がいっぱいだ。

「私の同期だって皆一生懸命だったもの。研修医の先生たちだって……」

そう言うと、晃介が破顔した。

「だな。だから俺はただ単純にひと目惚れしただけかもしれない。でも葵の存在に救われたのは事実だ。屋上で見かけた時はラッキーって思ったよ。で、頃合いを見計らって声をかけたってわけだ」

屈託のない笑顔で、ははは と笑う。

一方で葵の方は、ひと目惚れという言葉に動揺していた。

「そんなの全然知らなかった……」

恋人同士だった頃にもそんな話は聞かなかった。

「付き合っていた頃はカッコつけてたからな。八歳も年上だし。でも今は、なりふりかまっていられない。君に愛してるって伝えるチャンスがあれば逃さない」

そう言って彼は、葵がなにか言う前に子供たちに視線を落とす。

「お、晴馬食べ終わったか。悠馬も、今日は早いじゃないか。さてはお腹がすいてたんだな」

そして子供たちの口を拭いて床へ下ろし、自分もうどんを食べ終えて、リビングへ行ってしまう。残された葵の方は、火照った頬と身体を持て余して、箸を持ったまましばらく動けなかった。

温かい湯船に顎まで浸かり、葵はゆっくりと目を閉じる。一日中働いて疲れた身体がじわりとほぐれていくのを感じた。こんなことができるのも、晃介がいてくれるからだ。

彼が来てくれる日は、夕食後、葵は子供たちと一緒にお風呂に入る。子供たちの身体を洗って脱衣所に送り出せば晃介が彼らの身体を拭いてパジャマを着せておいてくれる。葵はその後、いつもより少しだけゆっくりと自分の身体と髪を洗うことができるのだ。

夕食のうどんを食べた後、今夜も葵は子供たちとお風呂に入った。今日はシャンプーの後、久しぶりにトリートメントを使うことができたのが嬉しかった。トリートメントをしないと、くせのある葵の髪はすぐにボサボサになってうまくまとまらないからだ。

十分に身体が温まってから葵は浴室を出る。脱衣所でパジャマを身につけて髪を夕オルで拭きながらリビングを覗くと、晃介がパジャマ姿の双子にドライヤーをかけていた。

ここ一週間で気温がぐっと下がり本格的な冬に突入した。髪が湿ったままでは風邪を引くと思ったのだろう。一歳にしては量が多いふたりの髪は夏ならともかく冬はタオルドライでは心もとない。

父親としてはまだ新米といえる彼だけれど、こんなところはさすがだ。外から帰ってきた時の手洗いうがい、怪我をしそうな場面など、こんな風に双子の体調管理について特に言わなくても気を配ってくれる。さすがは医師だ。

とはいえ、ちょこまかと動くふたりにドライヤーをかけるのは至難の技だと思ったのか、動画の力を借りることにしたようだ。ふたりはテレビに映るパンのキャラクターに夢中になっていて、苦手なドライヤーをかけられても、おとなしくしていた。

熱すぎないように風をあてながら子供たちの髪を乾かす大きな手、その手を見つめているうちに、葵の意識はかつて彼と一緒に過ごした彼のマンションへと飛ばされる。

あの頃彼は、葵の髪をドライヤーで乾かすのが好きだった。

『葵の髪をふわふわにするのが好きなんだ』

彼にそう言われると、コンプレックスだったはずのくせ毛が、どこか誇らしく思えるのだから不思議だった。

ドライヤー片手に、葵の髪を大きな手で何度も何度も丁寧に梳き、言葉通りふわふわにする。すっかり乾いたら後ろから包み込むように抱きしめるのだ。

『葵の髪、気持ちいい。……いい香りがする』

熱を帯びた声音で囁いて、髪をかき分けうなじにそっと口づける。そしてそのまま……。

カチッというスイッチが切れる音に、葵は過去から引き戻される。振り返った晃介と目が合って、慌てて脱衣所に引き返した。

ドライヤーをかける彼をジッと見つめてしまっていたことが恥ずかしかった。

洗面台に手をついて呼吸を整える。胸はドキドキしていつまでも落ち着かない。

付き合っていた頃、マンションへ行くと彼はいつもそのまま葵を抱きたがった。葵はそれが恥ずかしくてシャワーを浴びさせてほしいと頼んだのだ。

『なら髪を乾かすのをさせてくれ』

晃介はそう言って、葵の願いを聞いてくれた。だからドライヤーをかけるのはふたりにとって特別な行為なのだ。スイッチが切れる音は、ふたりの中の始まりの合図だったから……。

しばらくすると晃介が脱衣所へやってくる。狭いスペースで重なり合うようにして、後ろからドライヤーをもとの場所に戻そうと腕を伸ばす。

その彼と、鏡越しに目が合って、葵は息が止まりそうな心地がした。

晃介の瞳に、あの頃と同じ色が浮かんでいるように感じたからだ。

彼はそのまま手を止めて、葵の髪に視線を送る。そしてもう一度ドライヤーを手に取った。ゆっくりと、コンセントにプラグを挿す。

緊張で息苦しささえ覚えるくらいだった。スイッチが入り、大きな手が頭に触れる。温かい風とともに綺麗な指に何度も優しく髪を梳かれる。

鏡に映る自分の目も、あの頃とまったく同じ色だった。

彼の手が、うなじから差し込まれる感覚に、葵の背中をぞくりと甘い痺れが駆け抜ける。吐息が漏れてしまいそうになるのを、目を伏せて唇を噛みなんとか耐えた。

――愛してる、彼が愛おしくてたまらない。

その思いで頭の中がいっぱいになる。髪が乾く頃には、頬はすっかり火照ってしまっていた。

カチッというスイッチが切れる音に、葵の鼓動がどくんと跳ねる。視線を上げると、鏡の中の晃介が、跳ねた髪に指を絡めて微笑んだ。

「風邪、引くなよ」

そしてゆっくりと離れていく。

「あーう！」

「おー」

リビングから聞こえる子供たちの声に、振り返って答えた。

「どうした？」

その声は、もう父親のそれだった。

「あーテレビが終わっちゃったのか」

答えながら脱衣所を出ていく広い背中に、葵の胸は熱くなる。溢れる思いを口に出してしまいそうだった。

私もあなたを愛してる、誰よりも大切だと。

でもそうしたら、二年前のあの出来事を話さなくてはならないのだ。愛しているのに、別れなくてはならなかったつらい理由、彼を信じられなかった自らの罪を。

カーディガンを羽織りリビングへ行くと彼はダウンジャケットを身につけていた。帰り支度をしているのだろう。なにかを察したように双子が彼の背中と腕にへばりついている。

「ごめん、葵。今日は調べ物があるから、もう帰るよ」

やや早口で言う彼に、葵は頷いた。

「うん、気をつけて。はるくん、ゆうくん、バイバイしようね」

いつもなら彼は子供たちが寝てから帰っていく。起きているうちに帰ると子供たちが寂しがるからだ。

「また来るからな」

案の定寂しそうにする彼らを、晃介はふたりいっぺんに抱き上げて玄関まで連れていく。そしてそこで下ろして靴を履いた。

小さな手を振る晴馬と悠馬をひとりずつ抱いて、頬を寄せる。頭をなでて「また来るよ」と何度も声をかけてから、彼は帰っていった。

静かに閉まるドアを見つめて葵の心は揺れていた。

この幸せが崩れるのが怖かった。

彼が愛おしくてたまらない。

でもすべてを話したら、どうなるかわからないとも感じていた。

親戚だろうと刃向かう者は容赦なく切り捨てるという彼の父親が、葵が奨学金を返したからといってそれで引き下がるとは思えない。

目的のためには人の気持ちを微塵も考えない冷酷な男、白河大介。

間違いなく晃介の父親なのだ。

真実を知った時、晃介はいったいどうするのだろう?

「あーう」

悠馬が小さな手でドアを指差し残念そうな声を出す。葵は彼を抱き寄せて呟いた。

「寂しいね。でも大丈夫、また来てくれるから」

＊＊＊

白い息を吐いて夜の空を見上げると、ビルの隙間に三日月が輝いていた。コインパーキングへ向かって歩いていた晃介は足を止め、葵と子供たちがいるマンションを振り返った。

いつもなら双子たちが眠りについてから家を出る。起きているうちに帰ると寂しがると葵が言っていたからだ。

でも今夜はどうしてもそれができなかった。

あのまま、子供たちが寝るまで部屋にいたら、どうなってしまったか自分でもわからなかったからだ。

葵の髪をドライヤーで乾かすのは、晃介にとって特別な行為だった。ちゃんとすればそれなりにまとまると彼女は言うけれど、晃介は少しくせのある髪をふわふわに乾かすのが好きだった。

えもいわれぬいい香りがする髪に顔を埋めて、そこから覗く耳や首筋に口づけるとすぐに桃色に染まっていく。そのまま本能に任せて愛するのだ。

脱衣所で目にしたすぐそばにある彼女の濡れた髪、艶めく黒に、晃介の視線は釘づけになった。そして彼女が拒否しないのをいいことに、気がついたらドライヤーにスイッチを入れていたのだ。

指の間に感じる艶やかな感触に、晃介の意識は幸せな過去へと飛ばされた。あの頃のように細い身体を後ろから抱きしめて、白い首筋に口づけたい。小さな耳を本能のままむさぼりたい……。

目を閉じて、晃介はふーっと長い息を吐く。

少し頭を冷やさなくては。

例えばあのままそうしたとして、彼女は拒否をしなかっただろう。

子供たちの髪を乾かす自分を見つめていた葵の目には、あの頃と同じ色が浮かんでいた。

でもだからこそ、やはり事態は複雑なのだという確信を、晃介は深めた。

【もう愛情はなくなったから、別れてほしい】

二年前に突然送られてきたメッセージは、彼女の本心ではなかった。

大好きな仕事も恋人もなにもかもを捨て、姿を消さなくてはならないなにかが彼女の身に起こったのだ。

話してくれれば必ず解決してみせる自信がある。葵と子供たちをなにからも守ると言い切れる。たとえそれですべてを失うことになったとしても……。

澄んだ空気の都会の空にそう誓い、晃介はまた歩き出した。

＊＊＊

家族連れで賑わうショッピングモールのメインストリートを、葵は晴馬と悠馬のベビーカーを押して歩いている。隣では晃介がおもちゃ屋さんの大きな包みを載せたカートを押していた。

「俺こういうところに来るの久しぶりだ」

三階まで吹き抜けになっている天井を見上げて晃介が言う。

葵はそれに答えた。

「私もあんまり来ないな。子供たちを生んでからは……」

都内で初雪を観測したこの日、仕事が休みのふたりは、郊外にあるこのショッピングモールを訪れた。晃介が子供たちにクリスマスプレゼントを買ってやりたいと言ったからだ。

もちろん子供たちはまだ幼すぎてクリスマスの意味はよくわからない。ただ単に彼がなにか買ってやりたかっただけだろう。

『葵が俺と一緒に行けないなら、俺ひとりで連れて行ってもいいし……。それも無理そうなら、ネットで買ってもいいんだけど』

お互いにはっきりと言葉にしたわけではないけれど、葵が晃介とのことを周囲に秘密にしたがっていることに、彼は気がついている。そんな葵を気遣って、彼ははじめそう言った。

でも顔には一緒に行きたいと書いてあったのである。

外出に不安はあるものの、本当のところ葵だって一緒に行きたかった。おもちゃ屋でおもちゃを選ぶ子供たちと晃介を見たかった。迷ったすえに、誰にも会わないであろう家からも白河病院からも遠いこのショッピングモールへ彼の車でやってきた、というわけである。

およそファミリーカーとはほど遠い彼の高級車には、ふたりのためのチャイルドシートが設置してあって、彼がこの日をどれだけ楽しみにしていたかがよくわかった。

「プレゼント、たくさん買ってくれてありがとう。これで雨の日も少しは退屈せずにすむかな」

家族連れが行きかう賑やかなショッピングモールのメインストリートをベビーカーを押しながら隣の晃介に向かって葵は言う。ショッピングモール内はどこもかしこもクリスマスの飾りつけだらけだ。

おもちゃ屋では、ふたりは大興奮だった。そこかしこにためし遊びができるコーナーがあって、彼らは夢中になって遊んでいた。

あれこれ迷ったすえに、彼は電車とレールのセットと、大好きなキャラクターのブロックの大きなセットを買った。どちらも高額で、葵では買ってやれないものだった。

「保育園で、ふたりともこれが好きだって言われてたんだけど、ちょっと高いから買ってあげられなかったんだよね」

プレゼントの包みを家で開けた時のふたりの喜ぶ顔を思い浮かべて葵は言う。

「食べるものも服もオムツもなにもかも二倍だから、どうしてもこういうものは後回しになっちゃう。晃介が助けてくれてありがたい」

そこで晃介がなにかもの言いたげな目で自分を見ていることに気がついて、慌てて言い訳をした。

「最近引っ越したから、出費が続いてて……」

「うん。これからはそういう心配はさせないよ」

晃介が足を止めて、エスカレーター横のイベントスペースに飾られた三階まで届く大きなクリスマスツリーを見上げた。

「でも、おもちゃがなくたって、ふたりは幸せだよ。こんなに愛してくれる最高のママがいるんだから」

つられるように足を止めて、葵は背の高い彼の横顔を見上げた。

「最高の……本当にそう思う?」

思わず聞き返してしまう。

ひとりきりでの子育ては、時間もお金も足りなくて、いつもどこか不完全だと感じている。もっとやってあげたいという気持ちと、できないという現実をもどかしく思うことの繰り返しだ。

自分が双子にとって最高の母親だなんて自信はまったくなかった。

「私……ちゃんとお母さんやれてるかな？」

「やれてるに決まってるじゃないか。子供たちのために一生懸命働いて、美味しいご飯を作って」

「……でも、この前は晴馬に傷を作っちゃった」

彼と再会するきっかけになった出来事だ。傷自体はもうすっかり治ったけれど、まだ跡が残っている。お風呂上がりでバタバタしていた時のことだったとはいえ、止められなかったのが申し訳なかった。

「少しの怪我は仕方がないよ。そのために俺ら外科医がいる。……それにあの時の葵、本当に真っ青だった。子供たちにはちゃんと上着を着せてるのに、自分は着てなくて、怯えるみたいに悠馬を抱いて。まだ双子が自分の子だって知る前だったけど、……頑張ってるんだなって思ったよ」

あの日のことを思い出したのか、晃介が少し寂しそうな声を出す。でもすぐに気を取り直したように微笑んだ。

「一生懸命子供たちに愛情を注いでいる。最高のママだ。そんな君が、俺は愛おしくてたまらない」

「ちょっ……！　晃介！」

人目のある場所で葵への気持ちをそのまま口にする晃介に、葵は声をあげた。

「こんなところで……」

「大丈夫、誰も聞いてないよ。……お、ふたりとも寝たんだな」

晃介がベビーカーを覗き込む。

「もう……」

　葵は頬を膨らませた。

　彼は以前、葵に気持ちを伝えるチャンスは逃さないと言った。それ以来、その言葉通りちょくちょくこうやって甘い爆弾を落とす。葵はそのたびにくすぐったいような困ったような気持ちにさせられるのだ。

　自分の中の後ろめたい気持ちをほったらかしにして、この甘さに身を委ねてしまいたくなってしまう。そんな気持ちと闘う日々だった。

　一方で、最高の母親だと言ってもらえたことは嬉しかった。

　もちろん誰かに評価されるために子育てしているわけではないけれど、日々の忙しさに疲れて虚しい気持ちになる時もある。失敗続きで、自信なんてまったくない。

　でもその頑張りを子供たちの父親である晃介に認めてもらえたのがこれ以上ないく

らい嬉しかった。

寝てしまったふたりに、晃介はブランケットをかけてベビーカーのカバーをする。そして振り返った。

「じゃあここからは、ママのご褒美の時間だな」

そう言ってにっこりと笑う。

言葉の意味がわからずに葵は首を傾げた。

「ご褒美？」

「葵にも、なにかプレゼントするよ。服でもバッグでもアクセサリーでも」

「わ、私に⁉ 私はいいよ。なにもいらない」

驚いて少し大きな声で言った。

「そんなことしてもらう理由ないし……！」

思わずそう口走ってから、しまったと思い口を閉じた。

ふたりは今子供たちの父と母という関係で、結婚してるわけではない。さらにいうと恋人でもないのだから、言ったことは間違いない。

でも彼の方ははっきりと葵への愛情を口にしてくれている状況で、今の言葉は少しキツい表現だ。

一方で晃介の方は、特に気にする様子もなく肩をすくめた。

「好きな相手になにかプレゼントしたいと思うのは、男の本能だよ。理由はそれで十分だ。行こう！」

そんなことを言って葵からベビーカーを奪い、歩き出した。

「あ、待って、晃介」

いらないと言い張ってついていかない選択もあるけれど、子供たちを連れて行かれてしまっては、そうはいかない。葵はカートを押して彼を追いかけた。

「レディースブランドはあっちだ。途中アクセサリー売場もある」

ずらりと並ぶショップを見ながら彼は実に楽しそうだ。

「晃介……！」

このままだと本当に買ってしまいそうだった。

葵は慌てて彼を説得しようと試みる。

「アクセサリーなんて、子供たちがいたら着けられないし。服だって汚されるからいいものは着られないのよ。バッグは子供たちのものがたくさん入るリュックじゃないといけないし……」

「でも持ってる分にはかまわないだろう？　べつに腐るもんじゃないし……」

とそこで、彼はなにかに気がついて足を止める。そしてしばらく考えてから「そうだ、葵。ちょっと付き合ってくれる?」と言って家電売場へ入っていった。

『付き合って』という言葉と、アクセサリーショップでもブランドショップでもない店に安心して葵は素直についていく。彼のものを買うのかと思ったのである。

柱の案内板を見ながら彼はずんずん進んでいく。そして「あった」と言って立ち止まった。

ドライヤー売場だった。

ズラリと並ぶメーカー一押しの新製品と得意そうに振り返った彼の表情にハメられたと葵は思う。

てっきりパソコンかなにか探しているのだと思ったのに。

彼は、葵がくせ毛を気にしてヘアケアにこだわりを持っていること、さらにはそれが高じて、もはや趣味の領域だということを知っている。ドライヤーなら欲しがると思ったのだろう。

「へぇ、意外とたくさん種類があるんだな」

わざとらしくそんなことを言いながら、その中のひとつを手に取っている。

「晃介……。私ドライヤーもいらないよ」

少し離れた場所に立ち止まったまま葵は言った。

本音を言えば見てみたい。高性能のドライヤーは葵の中で欲しいものリスト第一位だからだ。でもそんなお金があるならば子供たちのために貯金するべきだと思い我慢しているのだ。

今家にあるドライヤーは、激安ショップで買ったもので御世辞にも高性能とはいえないが、壊れていないからまだまだ使える。買い換える必要はまったくない。

ずらりと並ぶ新製品の誘惑に、負けてしまわないように葵は目を逸らす。

でも。

「葵、見てみろよ。これ、風がヘアケアするんだって。トリートメントいらずって書いてある」

晃介がそんなことを言うものだから思わず振り返ってしまう。

「え？　トリートメントいらず？」

興味をそそられる言葉だった。

「ああ【くせ毛もふんわりまとまる、髪本来の美しさへ】だって」

「くせ毛がまとまる……」

そう言われては確認せずにいられなくて、歩み寄り彼が持っているドライヤーを見る。それはほかのものとはまったく形が違っていた。取っ手の先がドーナツ型になっていてそこから風が出てくる設計だ。確か同じような形のファンが大ヒットしているような……。

「このシリーズ、ドライヤーもあるんだね」

葵が言うと、晃介がスイッチを入れる。なにもないはずのドーナツの真ん中から風が出てくるのが不思議だった。

「風の温度が調節できるんですよ」

メーカーの名前の入ったジャケットを着た店員が話しかけてきた。

「熱くなりすぎないから、小さなお子さんがいらっしゃるご家庭にぴったりです。しかも髪質に合わせて風の種類が変えられるんですよ」

渡されたパンフレットを開くと、そこにはさらに心惹かれるワードが並んでいる。

【特許取得、高温から髪を守る設計。髪質に合わせた風を選択できます。ツヤのある滑らかな髪へ!】

くせ毛に悩み、しかも晃介が来ない日はろくにヘアケアできない葵にとっては魅力的、のひと言だ。双子の育児で自分のことは後回しにしている今でなければ、もっと前にチェックしていたかもしれない。

思わずそう呟くと、同じようにパンフレットを読んでいた晃介が、店員に向かって尋ねた。

「在庫ありますか？　色は……そうだな、シルバーで」

「お調べしてきます」と言って店員がバックヤードへ戻っていく。その背中が見えなくなってから、葵は慌てて晃介の腕を引いた。

「ちょっと、晃介……！」

欲しいと思ったのは事実だが、このドライヤーはほかのものとは、値段がひと桁違っている。これならば、使うかどうかはともかくとして服を買ってもらう方がまだ胸が痛まないくらいだ。

「こんなに高いもの、私はいらない。家にあるの、まだ使えるんだし」

やや強い口調でそう言うと、晃介が頷いた。

「わかってるよ。これは俺のだ」

「晃介の？　……ならいいけど」

拍子抜けして、葵はホッと息を吐いた。彼のためのものならば、葵が口を出す筋合いはない。

はっきり言ってドライヤーにかける金額としてはありえない値段だが、国内でも有数の大学病院のトップ脳外科医ならば、このくらいは普通だろう。

「びっくりした……」

すると彼はなぜか意味深ににやりと笑う。そしてとんでもない言葉を口にした。

「俺が〝葵の髪を乾かす時に使う用〟だ」

「なっ……！」

葵は言葉に詰まって目を剝いた。

「だから葵の家に置かせてくれ。もちろん俺がいない時は使ってもいいよ」

にっこり笑って彼は言う。

その言葉に、葵の頰が熱くなった。

あの日以来、彼が家に来た時は、葵の髪を乾かすのは彼の役目になっている。

子供たちが短い動画を観ているほんの少しの間だけ、あの頃のふたりのように彼は葵の髪に触れる。葵はそれを鏡越しに見つめている。

もちろん、それ以上のことはなにもないけれど……。

どこか秘密めいたふたりだけのやり取りを、こんなところで口にされて葵は真っ赤になってしまう。

しかもやっぱりハメられたのだ。

どうしても彼は葵のプレゼントを買わなくては気が済まないようだ。

「すみません、シルバーは在庫を切らしているようです。今日お持ち帰りになれるのはブラックかブルーになります」

店員が小走りで戻ってきて、申し訳なさそうに言う。

晃介が頷いた。

「ブラックかブルーか。どっちがいい？　葵」

「……知らない。私は関係ないもん」

火照った頬を膨らませて葵は言う。

「晃介のものでしょう？」

「でも葵の家に置くんだぞ、俺の家にはドライヤーあるし。ほら、葵が決めて。ブラックかブルーだって。どっちがいい？」

葵の抗議をものともせず、平然として尋ねる晃介は、実に楽しそうだった。

考えてみれば付き合っていた時も彼はいつもこうだった。なにか理由をつけては、葵の身の丈に合わないような高級なレストランでの食事やプレゼントを惜しみなく葵に与える。

『こうやって葵を甘やかすのが、俺の楽しみなんだ。俺の趣味に付き合うつもりで好きにさせて』

そんな言葉を口にして。

あの頃もらった服やアクセサリーは、別れる時にすべて送り返したけれど……。

きっとここで断固拒否しても、彼はまたあの手この手で葵になにかを買うだろう。

だったら本当に欲しいものを選ぶ方がいいような。

「シルバーがよろしければお取り寄せもできますよ」

にこやかに言う店員に、葵は慌てて首を振る。

「そこまでは……」

そして、仕方なくという気持ちで実物をジッと見比べる。

でもすぐにわくわくと胸が躍った。

目の前のドライヤーは、性能もさることながら、マットなカラーとフォルムが最高にカッコよかった。頬を染めて葵は小さな声で答えた。

「……じゃあ、ブルーで」

「決まりだな」

晃介が嬉しそうに微笑んだ。

髪にあてられていた柔らかな風が音もなく止み、同時に後ろから温かな腕に包み込まれる。背中から感じる晃介の温もりに、葵の胸がどくんと大きな音を立てた。リビングからは、子供番組の軽快な歌が聞こえてくる。歌が終われば動画は止まり、子供たちがこちらへやって来る。それまでに彼の腕から抜け出さなくてはと思うのに、どうしても身体が動かなかった。

洗い立ての葵の髪に顔を埋めて、晃介がくぐもった声を出した。

「葵の髪、気持ちいい」

ショッピングモールへのお出かけを、子供たちは存分に楽しんだ。ベビーカーでのお昼寝から目覚めた後もプレイコーナーで遊び、本屋では音の出る本を買ってもらい……。帰りにファミリーレストランで夕食を済ませてからマンションへ帰ってきた。

そしていつものように葵と一緒に入浴した。

双子を送り出し葵もパジャマを身につけて髪を拭いていたら、買ったばかりのドライヤー片手に彼が脱衣所へやってきたのである。

彼は葵を腕に閉じ込めたまま、気持ちよさそうに髪に頬ずりをする。葵の身体が甘く痺れた。

こんなに近くに彼を感じるのは二年ぶりのことだった。

突然の出来事への困惑に混じる、甘い期待。

いつもは、髪が乾いたら彼はなにもせずに脱衣所を出ていく。それを葵は少し寂しく思いながら見送るのだ。あの頃のように抱きしめてほしいという言葉を飲み込んで。

それが、バレてしまっていたのだろうか。

「晃介、……どうしたの？」

掠れた声で尋ねると、晃介が葵の頭に口づけたまま、目を閉じた。

「ドライヤーの性能を確認してるんだよ。本当に髪に艶が出るのかなって……うん、いい香りだ」

うっとりとそう言って、彼は髪をかき分ける。そして首筋にキスをした。

「つっ……！」

葵の口から吐息が漏れる。ドライヤーの性能を確認するために、こんなことまでする必要はない。でもその反論は、頭の片隅で溶けていく。

「葵、愛してるよ。……ずっとこうしたかった」

低くて甘い彼の声音が、葵からまともな思考を奪っていく。自力で立っているのかどうかもわからないくらいだった。

「愛してる」

熱い息が耳にかかり甘噛みされる感触に、葵は形だけの抵抗をする。

「晃介、ダメ……。ど、動画が終わっちゃう。そしたら子供たちが……」

その言葉に、晃介が反応した。動きを止めて耳を澄ませる。

歌は終わりリビングは静かになっている。動画は止まっているけれどふたりはこちらへは来なかった。代わりにカチャカチャというブロックの音と、カンカンカンという踏切の音が鳴っている。昼間に彼に買ってもらった新しいおもちゃで遊びはじめたようだ。

晃介がフッと笑って、耳への愛撫を再開した。

「ここまで計算したわけじゃないんだけど」

「んっ……！」

「葵、こうされるのは……嫌？」

切ない響きを帯びた彼の声音に、葵は身体を震わせる。高鳴る鼓動が加速する。

「い、嫌じゃないけど……！」

「ならやめない。ずっとこうしたくてたまらなかったんだ。葵の髪は俺にとって特別なのに、触ってそれで終わりなんて……頭がおかしくなりそうだった」

鏡ごしに自分を見つめる彼の瞳は、獰猛な捕食者のそれだった。

そんな彼も二年ぶりだ。

「葵は平気だったのか？」

「わ、私……」

本当のことを、言えるはずがなかった。

もちろん葵だってその先が欲しくてたまらなかったけれど、それを望むのは許されない。彼への罪をまだ告白できていないのに、愛情だけが欲しいなんて。

「私は……」

答えられずに口籠ると、晃介がわずかに目を細めた。

次の瞬間、彼との位置が反転し、優しく壁に押し付けられる。突然のことに目を閉じて、開いた時には左右についた彼の腕の檻に閉じ込められていた。

「晃介……？」

「……君が」

晃介が、低い声で囁いた。射抜くような視線が、葵を見つめている。

「君が、なにかを抱えているのは知っている。……その秘密が俺たちを引き裂いたものの正体だ」

その言葉に、葵は言葉もなく目を見開いた。

葵が秘密を抱えていることに彼が気づいているとは思っていた。でもそれを彼が口にするのははじめてのことだった。

「それがなんだとしても、俺が解決してみせる。なにがあっても、俺は君たち三人を守る」

「晃介……」

彼の決意が胸を刺した。

自分たちを引き裂いた得体の知れないものへの怒り、沈黙する葵への不信感。なにもかもを飲み込んで、それでも彼は言い切るのだ。葵たち親子を守ってみせると。

「すぐに言ってくれとは言わない。君のことだ、よほどのことがあったのだろう。でもこれだけは覚えていてくれ。なにがあっても、俺は君の味方だ」

近づく彼の唇に、葵は両手で彼の胸を押す。

「ダメ、そんなの私が自分を許せない……！　あなたに申し訳なくて……」

愛していると言いながら、彼を信じられなかった。

本当のところ葵が一番こだわっているのは、そこなのかもしれないと今思う。

あの時、逃げないで問題と向き合っていれば、家族四人、今とは違う道を歩めたかもしれないのだ。

子供たちと彼の時間を奪わなくて済んだのかもしれないのだ。

……まだそれを言えていないのに、彼の愛を受ける資格は自分にはない。

「全部俺が背負うから」

晃介が優しい優しい声を出した。

「君が苦しんでいることを知りながら、なにも解決できていないのに、それでも君が欲しいんだ。申し訳ないと言うなら、少しだけでも愛をくれ」

切実な響きを帯びた愛の言葉に、葵の脳がジンと痺れる。

ゆっくりと近づく彼の吐息と熱い視線。……もう抗うことはできなかった。

――二年ぶりの口づけに、葵の意識は幸せな過去へと飛ばされる。

スカイツリーが見える彼のマンションのリビングで、ふたりははじめてキスをした。

あの時夢見た幸せな未来。今からでも望んでいいのだろうか。

うなじに差し込まれる長い指の感触に、葵の背中が甘く痺れる。崩れ落ちそうになるのをシャツを掴んでなんとか耐えた。

キスをする時、彼はいつもそうやって葵の髪を楽しんだ。

温かくて大きな手で優しく葵の退路を断ち、葵の中に触れていく。普段の穏やかで紳士的な彼からは想像できないくらい情熱的な口づけに、葵はいつも翻弄された。

「んっ……ん……」

子供たちには聞かせられない艶めいた声が漏れ出てしまうのを止めることができなかった。

「……愛してるよ、葵」

荒い吐息の囁きに、葵はゆっくりと目を開く。誠実さと力強さを湛えた彼の瞳が至近距離で自分を見つめていた。

額と額をぴたりとつけて、晃介が囁いた。

「愛してる。……俺を、信じてくれ」

決意の朝

「あら、はるくん、ゆうくんいいおもちゃがあるじゃない」

自宅のキッチンでお茶を淹れていた葵は、双子たちに話しかける母の言葉にドキンとした。

「楽しそうね、ふふふ」

子供たちに笑いかける母が持っているのは晃介が買ってくれたブロックだ。すぐ近くに電車のセットも散らばっていた。

母親と葵の休みが重なったこの日、母が自宅を訪れた。通院しながら近くのスーパーで働いている母と葵の休みはあまり合わないが、その分重なる日は必ず会うことにしているのだ。

久しぶりに来た母は、晃介に買ってもらった真新しいおもちゃにすぐに気がついた。

「いいの買ってもらったねー。これで雨の日も退屈しないでしょ?」

母がふたりに話しかけるのを聞きながら、葵は気まずい思いでお茶をテーブルに持っていく。晃介がこのマンションに来ていることを、まだ話していなかった。

そもそも母は、彼らの父親のことについてはなにも知らない。妊娠がわかった時、もちろん尋ねられはしたが、葵はなにも言わなかった。それに納得したわけではないだろうが、仕方がないと諦めたようだ。

「クリスマスプレゼント?」

双子たちがおもちゃで遊びはじめたのを確認して、ダイニングテーブルに母が座る。

葵も向かいに座り頷いた。

「……うん」

「ふんぱつしたねぇ、あれ高いでしょ? ばあばサンタも頑張らなくちゃ」

クリスマスは目前だ。

晃介と同じようにふたりになにか贈りたいと思っている母は、広告に目を通して主要なおもちゃの値段を把握しているのだろう。

葵は手の中の湯呑みに視線を落とした。

高かったのは事実だが、自分が買ったのではないと言うべきか迷っているのである。言えば当然、買ってもらった人物について言及しなくてはならない。

「葵?」

黙り込んだ葵に母が首を傾げだ。

「……私が買ったんじゃないの、あれ」

母ひとり子ひとりで育ててくれた母は、子供たちの父親について頑なに口を閉ざす葵に複雑な思いを抱いているに違いない。それでも妊娠、出産と大変な時期を支えてくれた。病気が見つかって無理のできない身体になった後もこうやってちょくちょく来ては可愛がってくれている。

嘘をつきたくはなかった。

「買ってくれた人がいて……」

とはいえどう言えばいいかわからずに曖昧な表現になってしまう。もちろんそれで母が納得できるはずがなく、険しい表情になった。

「葵、あなた……」

「へ、変な人じゃないの。その、つまり……晴馬と悠馬の父親なの」

母が目を見開いた。

「父親って……」

それでも複雑そうにする母に、葵は正直に事情を説明するべきだと決心する。母に、晃介について悪い印象を抱いてほしくない。曖昧な言い方はよくないだろう。

「あの子たちを出産すること、彼は知らなかったの。私が言ってなかったから。だから今まで彼が会いに来なかったのは仕方がないの。この間こっちで偶然会っちゃって……。それで、ふたりのことを知ってサポートしてくれるようになったっていうか……。時々ここに会いにきてくれるの」

「つまり、認知してくださるってことね？」

「うん、落ち着いたら手続きするつもり」

ようやく母は、安心したように頷いた。

「ならよかったわね。……でもそれなら、どうしてあそこまで頑なに言わなかったのかしら、とも思うけど。まぁ、母親になってみて心境が変わるということもあるか」

いわゆる年の功というやつだろうか、詳しい事情は知らないまま母は言う。

その通りだと葵は思った。

彼から逃げて地元に戻った時の葵は、どんなにつらくて寂しくても我慢しようと思っていた。貝みたいに心を閉ざして耐えていればいつかは忘れられる、そう信じて。

再会してからも逃げることしか頭になかった葵の心を動かしたのは、子供たちに対する彼の言葉だった。

『あの子たちには自分の父親が誰かを知り、その愛情と支援を受ける権利がある』

自分の抱える事情よりも、子供たちの未来を一番に考えたい。そうするべきだと思ったのだ。

それが母になるということなのかもしれない。

「それで……その方と、葵との関係は？」

少し遠慮がちに母が尋ねる。この質問にも葵は正直に答えた。

「……向こうは、やり直そうって言ってくれてる」

「あら、そうなの」

母が拍子抜けしたように言ってから、子供たちに聞こえないように声を落とした。

「だけど、葵が嫌だってこと？」

「そうじゃないんだけど……」

葵は言葉を濁した。さすがに込み入った事情すべてを話すわけにはいかない。

黙り込む葵に、やれやれというように母はため息をついた。

「まあ、そういうことは、なかなかすぐに結論は出ないかもしれないわね。さしあたって子供たちのことが解決しただけでも、よかったじゃない。安心したわ。それに、時々来てくださってるなら心強い。ここ古いし一階だもん、ちょっと心配してたのよ」

本当のところ葵の中で結論はもう出ていた。

再会してからはじめてキスを交わしたあの時の彼の視線と強い言葉、揺るぎない決意を目のあたりにして彼を信じようと決めたのだ。

白河大介は怖いけれど、彼となら立ち向かえる。親子であるがゆえの予想できない衝突もきっと乗り越えられるはず。

あの時、葵が彼を信じられなかったことについてもきちんと話せば受け止めてくれるだろう。

「まあしっかり考えなさい」

母の言葉に、葵は頷いた。

「うん、そうする」

こうして彼の存在を母に明かせたことも第一歩だと思う。こうやってひとつひとつのことを乗り越えていこう。そうすれば、その先にはきっとなにも憂うことのない幸せな未来が広がっているはず。

柔らかな日の光が差し込むリビングで、楽しそうに遊ぶ子供たちを見つめて、葵はそう思った。

＊　＊　＊

葵とクリスマスのプレゼントを買いに出かけてから約二週間後の金曜日、晃介は父とともに都内の料亭を訪れた。厚生労働大臣政務官との顔合わせのためである。

はじめて父から話を聞いた時は面倒だと思ったものの、今はビジネスだと割り切っている。病院と厚生労働省は切っても切れない関係だ。

でも案内された部屋に足を踏み入れた瞬間、嫌な予感がして眉を寄せる。先に着いていた相手方の顔ぶれが晃介が予想していたのとは少し違っていたからだ。

相手方は二名。

ひとりは父と同じくらいの年齢の男性だ。まず間違いなく厚生労働大臣政務官だろう。そこまでは想定内だ。問題は、その隣の若い女性だった。

もちろん秘書という可能性もあるだろう。だが彼女は、スーツ姿ではなく明るい水色のワンピースを着ている。さらに言うと清楚にまとめられてはいるものの髪は明るい栗色で政治家の秘書という感じはしなかった。

「ああ、山里政務官、お待たせして申し訳ありません」

「いやいや、こちらが早く着いたのですよ」

父と政務官が挨拶を交わしている間、女性が父ではなく晃介に向かって、にっこりと笑いかけてくるのが不可解だった。

今日は、政務官と晃介の顔合わせだと聞いていたが……。

「晃介くんといったかな。山里です。お父さんからよく話は聞いているよ。理事就任おめでとう」

「ありがとうございます」

不審に思いながらも、晃介は山里と名刺を交換する。すると山里が隣の女性を紹介した。

「こっちは娘の美雪だ。以前医療関係のチャリティーパーティで君を見かけたと言っていてね。今日お会いすると話したらついて来てしまったんだよ」

はははと笑う政務官の隣で、女性が控えめに微笑んだ。

「美雪です。よろしくお願いします」

「……こちらこそ」

答えながら晃介はチラリと父を見る。相手が仕事の場に娘を連れて来ているというのに、少しも驚いた様子がない。おそらく事前に知らされていたのだろう。

晃介の頭に血が上る。どういうことだと問いただしたい衝動に駆られるが、目の前に政務官と娘がいる以上できなかった。

そのまま四人はそこで昼食をともにする。表向き会食は和やかに進んだ。晃介は気持ちの悪い感情を飲み込んで、あたりさわりのない受け答えをした。

美雪の方は、特に自分からは発言せず、自身の父親や大介から投げかけられる言葉に、控えめに答えていた。

食事が終わる頃には、この会食が白河病院の経営に関わるビジネス的なものではなく、プライベートな繋がりを作るためのものなのだという確信を晃介は深めていた。そしてそれを決定づけたのは、コーヒーを飲んだ後、美雪を庭へ連れていくように父に告げられたことだった。

「せっかくだから、ゆっくりと話をしてきなさい」

騙し討ちのようなことをした父に、晃介は怒りを覚えたが、拒否をすることはできなかった。父と自分の行き違いは、相手方には関係がない。騒ぎ立てて、恥をかかせるわけにはいかなかった。

庭へ出てふたりきりになると、美雪はさっきよりもよく話した。以前パーティで会ったことを晃介は覚えていなかったが、話すうちにぼんやりと思い出す。確か、医科大の後輩に紹介されて話をしたような。

「ふふふ、あの時私、先生のこと素敵だなぁって思ったんです。だから今日お会いできるのを楽しみにしていたんですよ」

少し甘ったるい話し方で、嬉々として話をする彼女に、晃介は言いようのない不快感を覚えた。騙されたことに対する怒りが腹の中でくすぶっている。今すぐにこの場を立ち去りたいくらいだった。だが彼女が悪いわけではないと自分自身に言い聞かせ、なんとかそれを耐えた。

騙して見合いまがいの会食に連れてきたのは父であり、知らなかったのは自分だけ。彼女ははじめからそのつもりだったのだ。こうやって話をするのは当然だ。

とはいっても早く切り上げたいと思うのはどうしようもなかった。今日は勤務がない日でこの予定がなかったらいつものように夜は葵の家へ行き、葵と子供たちと会えたはずなのだ。会食は昼間だったが終わりの時間が読めなかったため、今日は会えないと言ってある。

「友達にも、晃介さんとお話しできたって自慢しちゃおうっと」

淡いピンク色のネイルが施された手を合わせて、にっこりとする美雪に晃介は無理やり笑みを浮かべる。

「さっきお話が出ていたスウェーデンへは、研修で行かれるんですよね。許可が出たのは日本の医師では晃介さんだけだと父から聞きました」

無邪気に話し続ける彼女に、晃介は心の中でため息をついた。ここではっきりと拒否を示して、なんの落ち度もない女性に恥をかかせる気にはならなかった。

この会食が見合いの意味で設けられたのか、父に確認を取った後、人を介して断りを入れる方がいいだろう。

そう心に決めて、晃介はもうしばらくあたりさわりのない会話をすることにした。


山里と娘を乗せた黒いハイヤーが、料亭のエントランスを静かに出発する。その車体が見えなくなるのを見届けて、すぐさま晃介は隣の父を問い詰めた。

「いったいどういうつもりですか？」

「……なにがだ？」

平然として大介はとぼけてみせる。その姿に怒りを覚えて、晃介は吐き捨てた。

「娘がいるなんて聞いていない」

普段は使わない乱暴な口調になってしまうのを止めることができなかった。

美雪の話は、あれから小一時間続いた。晃介の趣味や経歴、仕事内容について根掘り葉掘り聞きたがる彼女からの質問に、無難な言葉を返しながら、晃介は苛立ちを抑えるのに必死だった。

もちろん彼女自身にではない。この状況を作り出した父親にだ。その怒りが今爆発する。

「これじゃ見合いみたいなもんだ！　どうして事前におしえてくれなかったんですか」

「俺が知ったのも少し前だ。政務官から娘を連れて行きたいと言われてね。伝え忘れていたのは悪かったが」

肩をすくめて白々しくそんなことを言う。だが嘘だとすぐにわかった。

葵と別れてからの二年の間に、晃介は父からの縁談を何度か断っている。もちろんそんな気になれなかったからだ。

強引に日にちを決められて、すっぽかしたこともある。

伝え忘れたわけではなく、わざと黙っていたのは明白だった。

父がため息をついた。

「晃介、お前はいったいなにが不満なんだ？　可愛らしいお嬢さんだったじゃないか。それに家柄もいい。これ以上ないくらいの理想的な相手だ」

父親を睨み、怒鳴りたくなる気持ちを、晃介はどうにかこうにかやり過ごした。

昔から父はいつもこうだった。自分のやることが一番正しいと信じて疑わず、相手の気持ちなど微塵も考えていないのだ。相手にするだけ無駄だった。

「とにかく、正式な話が来たら断ってください。私にそのつもりはありません。では」

きっぱりと言い切って、自分も帰るため車が停めてある駐車場へ向かおうと、父に背を向ける。歩き出そうとしたところ呼び止められた。

「待て、晃介」

振り返ると、父が少し険しい表情になっていた。

「親に決められた見合いが気に入らないのはわからなくもない。だがお前も三十五だ。いつまでも独身というわけにはいかんだろう。親として心配してるんだ」

その言葉を、晃介は思わず鼻で笑ってしまう。

前回父が持ってきた縁談は、製薬会社の社長の娘だった。前々回は銀行の頭取の娘、今日は政治家の娘だ。

白河病院のために有利になる縁談を探しているのは間違いない。

どの口がそんなことを言う、と答えたくなるのを呑み込んだ。

「それともまさかお前、結婚したい相手でもいるのか？」

眉を寄せてまるで咎めるように言う父に、晃介は一瞬話してしまおうかという気持ちになる。

自分には愛する人がいてすでに子供も生まれた。彼女以外と結婚することなどありえないと。そうすればこのうっとうしい見合い攻撃からは逃れられるだろう。

だが葵との約束が頭に浮かび思い留まる。彼女の許しがあるまではたとえ家族だとしても、誰かに言うわけにはいかない。

「相手がいるわけではありません」

素知らぬふりで答えると、大介が安堵したように息を吐いた。

「いいか？ 遊ぶのは自由だ。そのくらいはかまわん。だが、結婚は別だ。それなりの相手でなくては俺は許さん」

勝手なことを言う父に、「あなたの許しなど不要だ」という言葉をどうにかこうにか呑み込んだ。

葵とのことを話せない段階で、ムキになって言い返してもあまり意味がない。

「とにかく、お断りしておいてください。私が直接断ってもいいならそうしますが、先方に失礼のないように断れる自信がありません」

怒りを込めて晃介は言う。そして今度こそ踵を返して駐車場を目指した。

むしゃくしゃとした苛立ちが胸の中で渦巻いている。父と話をした後はいつもこうだった。

高圧的で自分が決めたことが絶対だと信じて疑わない頑固な父に、母はいつも気を遣っていた。ある年齢に達するまでは晃介は父が怖かった。

本当のところ晃介が一番腹を立てているのは、父を憎みながら父のもとで医師をしている自分自身に対してなのかもしれない。

奥歯を噛み締めて車を目指していると、一台のワンボックスカーが目に留まった。

両親と小学一年生くらいの男の子の親子連れだ。なにかのお祝いだろうか、少しフォーマルな格好をしている。手を繋いで嬉しそうだ。幸せを絵に描いたような光景を、晃介は足を止めて見つめた。

晃介も母もこのような穏やかで温かな家庭を望んでいただけなのだ。

……無性に、葵と子供たちに会いたかった。

晃介を見つけると、ぶつかるように飛びついてくる晴馬と悠馬を抱きしめて、ひだまりのような笑顔に頬ずりをして。

甘やかな香りがする葵の髪に指を絡めて、腕の中に閉じ込めるのだ。

たとえ触れられなかったとしても、ただひと目顔を見るだけでもいい。彼らが存在するところが、自分のいるべき場所なのだ。

そう、強く思う。

今日は行けないと伝えてあるが、彼らは普段通り家にいる。今から行けば、十分に過ごす時間は取れるはずだった。

車の鍵を握りしめ、晃介は再び歩き出した。

＊＊＊

「谷本さんの髪って可愛いよね。それパーマ？」

仕事終わりのロッカールームで同僚の辻から声をかけられて、葵は思わず肩にかかる髪に手をやった。

「パーマじゃなくて、くせ毛なんです」

もちろん仕事中はきっちりとひとつにまとめているが、着替える際に緩んだから一旦解いたのだ。

「真っ直ぐな髪に憧れるんですけど……」

「そうなんだ。でもすごく可愛い。私は逆にそのくらいのパーマをあてたいんだけど、なんかうまくいかないんだよね。すぐに取れちゃうし。うらやましい」

コンプレックスを褒められたことが嬉しくて、葵は頬を染める。

「ありがとうございます」

「谷本さんってママだからなんとなく大人って感じがするけど、そうやって髪を下ろすとやっぱり同い年だね。可愛いし、言われなきゃママっていうのが信じられない」

辻がパタンとロッカーの戸を閉じて周りを見回す。自分たちのほかには誰もいないことを確認してから、また口をひらいた。

「週末の忘年会は来られそう？　実は山田先生から谷本さんが参加するか聞いてほしいって言われてるんだよね。お近づきになりたいみたい」

唐突に飛び出した若い医師の名前に、葵は面くらう。戸惑いながら問いかけに対する答えを口にした。

「夜なのでちょっと行けなそうです。……すみません」

辻が残念そうにため息をついた。

「お子さんまだ小さいもんね。あたりまえだ。山田先生、がっかりするだろうな」

「すみません……」

山田先生の部分にどう答えていいかがわからずに曖昧に謝る。辻が笑って首を振った。

「謝ることじゃないけどね。山田先生、『谷本さん可愛いなー』なんておっしゃってて……。もちろんセクハラなんてことにならないように、私しっかり見張ってるよ」

戯けてそんなことを言う辻に、葵は思わず笑みを浮かべた。

新卒からこの病院に勤めている彼女は、しっかり者で皆に頼りにされている。山田のような若い医師も例外ではないのだろう。

「ふふ、辻さんが味方なら安心です」

葵が言うと彼女はにっこりとする。でもすぐに、なにかを思い出したように心配顔になった。

「セクハラで思い出したけど、谷本さん、あっちの方は大丈夫？　今日もまた来てたんでしょう？」

少しぼかした言い回しだが、なんのことかはすぐにわかる。葵は無言で頷いた。

ここのところ葵にしつこくつきまとっている二十代の男性患者がいるのである。もともとは入院患者だった人で、その頃は愛想のいい普通の人という印象だった。退院後に、親切にしてもらったと言って葵にお礼を持って挨拶にきたのが始まりで、以来ちょくちょく手土産片手にやってくる。

それだけなら断ることもできるのだが、まだ通院が必要な病状だからやっかいだ。

本当に検査のために来院してるのだと言われたら来ないでくださいとは言えない。

でも葵の姿を探してはあれこれと話しかけてきて、プライベートな情報を引き出そうとするのが気持ち悪かった。

「あんまりしつこいようなら看護師長に相談した方がいいよ。私から見ても明らかにおかしいから。……あんなに何回も来るなんて気持ち悪いよ」

辻が、やや乱暴な言葉を使う。

近い距離で病人の看護をする看護師は、ストーカーやセクハラなどの被害に遭うことも少なくない。この手の話は仲間内でよく聞くから、憤る気持ちを抑えられないのだろう。

辻からのアドバイスに、葵は素直に頷いた。

「次に来られたら相談してみます」

別れを告げて病院を出る。夕暮れの街を早足に歩きながら、不安な気持ちになっていた。

さっき話に出た患者は、しきりに葵の自宅を知りたがっている。今のところバレてはいないようだが、今日『谷本さんは徒歩通勤なんですよね』と口走っていたのが気になった。

その患者の自宅も病院からそう離れていないからそもそも近所に住んでいるということになる。なんとなく後ろを振り返りながら葵は家を目指した。

今日は晃介が来られない日だということが心細かった。明日は朝から来られると言っていたが、それまでは子供たちと自分だけだ。

保育園への迎えの前に葵は一旦ベビーカーを取りに自宅へ寄る。着いた頃にはもう薄暗くなっていた。鍵を出そうと鞄を探りながら自分の家の玄関に歩み寄りドキリとして立ち止まる。見覚えのある人物がドアの前に立っていた。

「谷本さん」

呼びかけられて、葵はそのまま凍りついた。

ロッカールームで話していた件の患者だった。

「谷本さん、おかえりなさい」

そう言ってにっこりと笑う彼に、葵はいつものように笑い返すことができなかった。家の前にいるなんて、どう考えても異常だ。

「あれ？　びっくりしてます？　ふふふ、驚かしてしまったならすみません。前にこのマンションに入っていくところを偶然見かけたんですよ。探してみたら表札に名前が出ている部屋があったからもしかしたらっと思ってちょっと待ってみようと思ったんです。谷本さんって、病院からこんなに近くに住んでるんですね。ご近所さんだ」

そんなことを言いながら一歩一歩近づいてくる。後ずさりたくても、怖くて足が動かなかった。

「僕、今日の診察で通院は最後だったんです。もう病院は行けないしこれからはこっちに持ってこようかなぁ、谷本さんへの差し入れ」

勝手なことを言いながら、男はどんどん距離を詰める。

葵は恐怖で声をあげることもできなかった。

「谷本さーん、どうしたんですか？ いつもと全然違うじゃないですかあ？ 笑ってくださいよぉ、僕谷本さんの笑顔が好きなのにぃ」

少し大きな声を出して、男が葵の腕を掴む。

ぞわりと嫌な感覚が身体中を駆け巡った。

「やっ……！」

葵は咄嗟にその手を振り払う。ようやく少し動いた身体で一歩下がった。

男が顔を歪めた。

「なにその反応、失礼じゃないですか？ 人をまるでばい菌みたいに」

そしてまた葵との距離を詰める。葵を捕らえようと手を伸ばす。

「や、やめてください」

震える声でそう言って葵が彼から逃れようとした、その時。

「なにをしてる！」

鋭い声とともに、葵はグイッと後ろに引っ張られ、男から引き離される。突然現れた晃介が男と葵の間に割って入り、立ちはだかった。自分を守るように立つ大きな背中に葵は隠れるようにしがみつく。

「晃介……！」

男が驚いて晃介を睨み、わなわなと口を開いた。

「な、な、なんだあんた。いきなり割り込んできて」

それに晃介が切り返した。

「君こそ彼女になんの用だ。嫌がっているじゃないか」

「俺は谷本さんの患者だ！」

「患者？」

晃介が訝しむような声を出す。

男が喚いた。

「そうだ。だから谷本さんには、優しくしてもらう権利がある！　それなのにこんなことをして、ただですむと思うなよ！」

無茶苦茶な男の言葉に、晃介はだいたいの事情を把握したようだ。白河病院でも年に一、二件はこういったトラブルが発生する。

「なるほどね」と呟いて、さっきよりも落ち着いた声で説明をした。

「いいか、必要としている人に必要な医療を施すのが医療従事者の役割だ。それ以上の求めに応じる義務はない」

相手をヒートアップさせせないように冷静に、でもきっぱりと言い切った。

「明らかに、君は行き過ぎたことをやっている。次は、警察を呼ぶ」

筋の通った言い分と警察という言葉に、男が怯み、言い訳をする。

「ちょっと話しかけただけじゃないか。お前こそなんだよ。谷本さんとどういう関係だ？」

間髪入れずに晃介が答えると、男が目を剝いた。

「俺は彼女の夫だ」

「え……？　谷本さん独身だって言ってたのに」

「つい最近、入籍したばかりだ。だから俺には彼女を守る権利がある。病院に問い合わせたら、君の名前も住所も職場も……」

「わかったって、わかったよ！　くそ、男がいるならそう言えってんだ！」

最後は吐き捨てるように言って男は去っていった。

完全に姿が見えなくなったのを確認して、ふたりは家の中へ入る。ドアが閉まる音にホッとして崩れ落ちる葵を晃介が危なげなく抱き止めた。

「晃介……！」

「怖かったな、……もう大丈夫だ」

大きな腕で葵を包み安心させるように言う。葵は震えが止まらない手で彼の胸にしがみついて、子供のように泣きじゃくってしまう。

「大丈夫だ。俺が来たからには、もう絶対に危ないめには遭わせない」

取り乱す葵を力強く抱きしめて、誓うように言う。低くて優しい声音と、頭をなでる大きな手の感触に、葵の不安は少しずつ和らいでいく。

涙が止まりようやく話せるようになってみると、どうして彼がここにいるのかが気にかかった。今日は来られないと言っていたはずなのに。

「晃介、今日は来ないはずじゃなかったの？」

晃介が葵の頬の涙を手で拭い、心の底から安堵したように息を吐いた。

「仕事が思っていたよりも早く済んだから、寄ったんだ。急に君たちの顔を見たくなって。でも来てよかった……」

そう言って葵の存在を確かめるように、額と額をくっつける。心から大切に思ってくれていることが、そこから伝わってくるようだった。

「葵、このまま子供たちを連れて俺のマンションへ行こう」

「……え？　今から晃介のマンションに？」

「ああ、今すぐに。この家に君たちを置いてはおけない。さっきの男が戻ってこないとも限らない」

いつもなにをするにしても葵の意思を優先してくれる彼が、この時ばかりはやや強引に言う。

けれど彼の言うことはもっともだった。

それにたとえ、さっきの男がもう来なかったとしても、恐怖が頭にこびりついていて、とても今まで通り過ごせそうにない。そんなところに子供たちを連れてここに戻ってくる気にはなれなかった。

「子供たちを迎えに行こう」

晃介の言葉に、葵は素直に頷いた。

遠くスカイツリーを臨むリビングからの夜景を葵はソファに座り眺めている。

二年ぶりに来た晃介のマンションは、ほとんど当時のままだった。あの頃と同じソファとあの頃と同じ香りに、まるでタイムスリップしてきたような気分になってしまう。彼と離れている間、意識して忘れようとしていたここでの幸せな思い出が次々と頭に蘇る。

違うのは子供たちがここにいることだ。ふたりとも天井が高くて広い空間に大はしゃぎでさっきからソファによじのぼったりラグに転がったりしている。

もう二度と足を踏み入れることはないと思っていた場所に、子供たちといるということがとにかく不思議な気分だった。

ストーカーまがいの患者を追い返してから、晃介はすぐに双子と葵がしばらく過ごせるくらいの荷物をまとめた。そして双子を保育園へ迎えに行き、そのままマンションへやってきたのである。

『葵は子供たちにご飯を食べさせてて。俺はもう一回行って残りの荷物を取ってくる。ここには三人が寝られる布団がない』

そう言って、また葵のマンションへ戻っていく彼を見送って葵は双子にご飯を食べさせた。そして彼を待っている。

突然の出来事に動転して荷物をまとめるのもままならない葵に代わって、晃介は本当になにもかもしてくれた。夕食も途中のコンビニで買ってくれたのだ。

優しい人なのも強い人なのも知っていた。でも今日ほど彼を頼もしいと思ったことはない。

異常とも言える行動をする人物を前に、毅然とした態度で一歩も引くことなく葵を守ってくれたのだから。

しばらくすると玄関で物音がして、追加の荷物を抱えた晃介が帰ってきた。

葵は振り返り声をかけた。

「おかえりなさい」

晃介が荷物を置いて微笑んだ。

「ただいま」

そしてすぐに葵のところへやってきて、頭に手を置き心配そうに覗き込んだ。

「子供たちと君だけにして悪かった」

三人だけにしたといっても葵たちの荷物を取りに行ってくれたのだ。それなのに、葵を気遣ってこんなことを言う。本当にどこまでも優しくて頼りになる人だ。

葵は彼を安心させるように笑みを浮かべた。

「もう大丈夫。荷物、ありがとう」

このマンションは、一階にコンシェルジュがいてたとえ宅急便の配達員でもマンション内には入れない、というほどセキュリティが万全だ。彼がいなくても安心して過ごすことができた。

晃介が葵の頭を大きな手でポンポンとして頷いた。

「ならよかった。子供たちも場所に慣れたみたいだな」

子供たちは相変わらず自由に歩き回っている。彼らを視線で追いかけながら晃介がぽつりと呟いた。

「なんか、変な気分だな。ここに晴馬と悠馬がいるなんて」

さっき自分の頭に浮かんだことと同じようなことを言う彼に、葵は思わずふふふと笑う。

「私もそう思った。晃介の部屋、昔と全然変わらないから……。子供たちを連れてタイムスリップしてきたみたいな気分」

「そうだな。葵が来なくなってからは、ほとんど寝に帰るだけだったから……料理をするわけでもないし。まぁそのままだな」

そう言ってつられるように笑みを浮かべる。そしてソファの葵の隣に腰を下ろして深刻な表情になって口を開いた。

「葵、このマンションで一緒に暮らそう」

「一緒に暮らす……？　ここで？」

「そうだ。さっきも言ったが、君のマンションはもう安全とは言えない。あそこへ君たちを帰すわけにはいかない」

さっきと同様にきっぱりと言う。そして膝の上の葵の手に自らの手を重ねた。

「俺にとっては君たちが世界で一番大切なんだ。離れているうちになにかあったらと思ったら気が狂いそうだよ。周りにはバレないように配慮するから、当面のところはここにいてくれ。……本当は、俺はずっと一緒に暮らしたいけど……。難しいなら、ほかに安全そうな所を用意する。だから、それまでは」

眉を寄せて晃介が葵に訴える。

その彼の膝に、ソファをよじのぼってきた悠馬が乗った。晴馬は背中に覆いかぶさっている。いつになく深刻な様子の父親をふたりとも不思議そうに見つめている。

その光景に、葵の胸が熱くなった。

はじめての場所なのに、子供たちは怖がったりもせず平気な顔をしている。

それは母親である葵がいるからというだけでなく、父親の晃介がいるからでもあるだろう。彼はもう葵たち親子にとってなくてはならない存在だ。

彼がいる場所が世界で一番安全で心から安心できる場所なのだ。

子供たちと晃介と、葵。

四人は一緒にいるべきなのだ。

「うん、そうさせてください。よろしくお願いします」

自然と言葉が口から出て、葵はペコリと頭を下げる。悠馬が「あいー」と言って、

葵の真似をするように可愛いお辞儀をした。

晃介が目を見開いた。

「……いいのか？」

自分から提案しておきながら驚いたように聞き返す。

葵は首を傾げた。

「え？　……ダメだった？」

「いや、もちろんいいよ。……でも絶対断られると思ってたから」

一生懸命説得しようとしていたところ、葵がすぐにイエスと言ったものだから拍子

抜けしたようだ。

その彼の肩に晴馬が足をかけている。頭までよじのぼろうとしているのだろう。

晴馬を抱き上げて葵は膝に抱く。そのまま晴馬に言い聞かせるように口を開いた。

「はるくん、そんな風にしたら……」

でもそこであることが頭に浮かび一旦言葉を切る。そして少し考えてから続きの言

葉を口にした。

「そんな風にしたら、パパ痛いよ」

双子の前で彼をはっきりとパパと呼ぶのははじめてだった。

「葵……」

晃介が感慨深げに葵を呼ぶ。その彼の視線が少し気恥ずかしくて、葵は晴馬の髪に顔を埋めた。お日さまのような香りを吸い込んでから、今胸にある思いを口にした。

「一緒にいるべきだって思ったの、……私たち。子供たちにとって晃介は大好きなパパなんだもん、そばにいるべきよね。晃介が来ない日は、ふたりとも本当に寂しそうなの。玄関のドアの前で待ってることもあるんだよ。このマンションだってはじめての場所なのにこんなにリラックスしてるのは、きっと晃介がいるからだと思う。パパのいる場所が安心できるところだって小さくてもわかってるのよ。……それに」

葵はそこで言葉を切って、沈黙する。ここから先の自分の思いを口にするのは、再会してからはじめてのことだ。緊張で胸がドキドキと鳴っている。でもきちんと言葉にしておきたかった。

「それに……。私も……私も晃介と一緒にいたい」

言い終えてホッと息を吐いた、その瞬間。

「葵……！」

名前を呼ばれると同時に抱き寄せられ、大きな腕に包まれた。互いの膝にいる晴馬と悠馬も一緒だ。子供たちと晃介の温もりにゆっくりと目を閉じると幸せな思いが胸いっぱいに広がった。

「晃介のそばが、私のいる場所なんだと思う。だから、ここにいさせてください。……ずっと」

素直な思いを口にすると晃介の腕に力が込もる。

晴馬が「あうー」と言ってもぞもぞと動いた。父と母の身体に挟まれて苦しくなったのだろう。

「悪い、痛かったか？」

晃介が腕を緩めて、彼らを抱き上げ喜びを爆発させた。

「晴馬、悠馬、これからはずっと一緒にいられるんだぞ！　毎日遊べるからな」

心の底から嬉しそうな父親の気持ちが伝染したのか、あるいは背の高い彼に抱き上げられたことが嬉しいのか、ふたりはきゃっきゃと声をあげる。

「今日からここが晴馬と悠馬のお家だ。案内してやろう」

晃介はふたりを抱いたまま、ダイニングに向かって歩き出す。

「明日、ジャングルジムも持ってくるからな」

「あ、晃介……」

その彼を葵は呼び止めようとする。あのことについて話をしたいから時間を作ってほしいと言うためである。一緒に住むならば、話しておかなくてはならないだろう。

でも彼のあまりにも嬉しそうな姿に、口を閉じた。明日でいいかという気分になる。明日はふたりともまる一日休みだから、時間はたっぷりある。

「今日はとりあえず和室に布団を敷こうか？　和室が一番暖かいんだ」

そう言って振り返る晃介に、葵は笑みを浮かべて立ち上がった。

「うん、私やるね」

二年ぶりの晃介の家の脱衣所で葵はドキドキと高鳴る鼓動を持て余しながら、パジャマを身に着けている。

鏡に映る自分の頬は、温かいシャワーを浴びたばかりだといっても少し赤すぎるような気がした。

晃介と家中を探検した子供たちは、和室に敷かれた布団に飛び込みごろごろ転がったかと思うとそのまますぐに寝てしまった。

昼間はいつも通り保育園に行ってその後直接このマンションへ来たのだから疲れていたのだ。本当はお風呂に入れたいところだったが、今日は諦めることにして、葵は彼が運んでくれた荷物の整理をした。

その間、晃介がシャワーを浴びた。

そして続けて葵がシャワーを浴びたところだった。べつになんてことはないただの寝る準備なのに、どうしてもあの頃を思い出してしまう。彼はいつもこのタイミングで、脱衣所にやってきた。

「葵、今日はおつかれ」

声をかけられて葵はぴくりと肩を揺らす。ドライヤーを手にした晃介が入ってきた。その姿を見ただけで胸の鼓動がさらに大きな音を立てて、もう頬は真っ赤だ。その恥ずかしい自分自身の反応を誤魔化すように葵は口を開いた。

「ドライヤーも持ってきてくれたんだ」

「ああ、これは絶対だ」

そう言って彼はコンセントにプラグを挿しスイッチを入れる。その姿を見つめながら葵はこくりと喉を鳴らした。

「おいで、葵」

その言葉に、吸い寄せられるように腕の中に収まると、大きな手が葵の頭に移動した。うなじから差し込まれた指先が、愛おしむように何度も何度も髪を梳く。

小刻みに揺れるクセのある髪先が葵の頬をくすぐった。鏡越しに自分を見つめる瞳には、あの獰猛(どうもう)な色が浮かんでいる。

葵の胸は甘い期待でいっぱいだった。風は熱くないはずなのに、呼吸が温度を上げていく。

でもスイッチを切った晃介は、それ以上葵に触れようとはしなかった。ドライヤーを置いてそっと離れる。

「今夜は、ここまでだ。これ以上触れたら君が欲しくてたまらなくなる。……途中で止まれる自信がない」

そう言って出ていこうとする広い背中に、葵は考えるより先に抱きついた。

「晃介」

愛おしい人の名を呼んで、シャツ越しの彼の温もりに頬ずりをする。強くなった彼の香りに、葵の鼓動が加速した。

「葵？」

こうやって自分から彼を求めるのも、再会してからはじめてのことだった。

――今夜は止まれそうにない。

それは葵も同じだった。

二年ぶりの彼の部屋。数えきれないほど愛を交わし、抱き合ったこの空間では冷静ではいられない。

母親でなく、過去に縛られてもいない、ただ無邪気に彼を愛したあの頃の自分に戻ってしまったようだった。

――私だって今すぐにあなたが欲しい。

言えない思いを込めて彼のシャツをギュッと握ると、それだけで思いは伝わる。

晃介が振り返り、ふわりと葵を抱き上げる。思わず首にしがみつくと、耳もとで甘い声が囁いた。

「寝室へ行こう」

それは、嵐のようなキスで始まった。

煌めく夜景を臨む彼の寝室で、背中に冷たいシーツを感じたと同時に熱く唇を塞がれる。

大きな手が葵の頭を包み込み、戸惑う葵の退路を断つ。薄く開いた唇から強引に侵入する。

「んんっ……！」

パジャマの背中をしならせて、葵は覆いかぶさる彼のシャツを握りしめた。

「んっんっん……」

漏れ出る声を止めることができなかった。彼の舌が葵の中で暴れまわり、葵の身体に火をつける。

うなじから差し込まれた手が葵の髪をかき分けて指で耳を擦り上げる。もうそれだけでどうにかなってしまいそうだった。

緊張と興奮でうまく呼吸ができなくて、息苦しい。獰猛な彼の唇に食べ尽くされる獲物になった気分だった。

荒々しい彼の口づけに、身体の中の忘れていた部分が、キュッと切なく反応する。

「葵、愛してるよ」

耳に囁く熱い声。そのまま今度は耳にキスが降り注ぐ。熱い舌が耳朶を這う感触に、葵の身体がびくんと跳ねる。薄いブルーの彼のシーツに、淫らな皺を作っていく。

「んんん……！」

パジャマの上を彼の手が這い回り、舌なめずりをして入口を探している。

「あ、晃介……、ま、待って……！」

自ら望んだこととはいえ、息つく暇もない始まりに、葵は思わず訴える。

でも彼は許してはくれなかった。

「……ストッパーを外したのは君だ。俺は止められないと警告した」

荒い息でそう言って、パジャマのボタンに手をかける。形だけの抵抗はなんの意味もなさなかった。

あっという間に葵の肌が、彼の眼前に晒される。でもそれで彼は満足しなかった。

最後の砦の薄い布に手をかける。

「あ、晃介、待って……！」

恥ずかしくてたまらなかった。彼の方はまだ服を着たままなのに、葵だけがすべてをさらけだすなんて。身をよじりなんとか逃れようとするけれど、やっぱりそれも彼は許してくれなかった。

「全部見たい。見せてくれ」

ついにすべてを脱がされて、葵は甘い吐息を吐いた。まだ触れられていないのに、視線だけでどうにかなってしまいそうだ。

——恥ずかしくてたまらない。

——でもその先が早く欲しい。

相反するふたつの思いが頭の中をぐるぐる回る。

葵を跨(また)ぎ膝立ちになった晃介が、熱を帯びた眼差しで感嘆のため息をついた。

「葵……。綺麗だ。会えない間、何度も想像したけど実物は比べものにならないな。また見られるなんて、夢の中にいるみたいだ」

「そ、そんな……。私の身体、あの子たちを生んだから、跡が残ったところがあって……」

双子の出産は、小柄な葵の身体にとって過酷だった。一年以上経っても完全には戻らなくて、跡が残ってしまっている。恥ずかしい場所のすぐ近くにあるその箇所を、葵は一生懸命両手で隠す。

晃介がそこへ視線を移す。

「晃介、あのあまり見ないでほしいの……」

電気をつけていない寝室は薄暗い。でも窓の外に広がる煌びやかな夜景が、彼の瞳に葵の変化を映してしまう。

「綺麗だよ」

晃介がとろけるような言葉を吐いた。

「あの子たちを生んでくれた君の身体は、俺にとって宝物だ。……その手をどけて見せてくれ。君の一番綺麗な場所を」

「つっ……！　そんな……」

「ほら早く、俺にそこを愛させて」

唇を噛み、吐息が漏れそうになるのを堪えながら葵はゆっくりと手を離す。

晃介の指が、そっとたどる。

「あっ……！」

シーツを握りしめて葵は甘美な刺激に耐えた。

「綺麗だ、葵。愛してるよ」

媚薬のような言葉を吐いて、晃介がそこに口づける。あとはもう、彼の思いのままだった。

「葵、葵……」

繰り返し名前を呼ぶ低い声音と、的確に弱いところを攻め続ける彼の手と唇に、葵はもうなす術がない。絶対に逃げられない彼の身体の檻の中で、恥ずかしい声をあげ続ける。

気が遠くなるほどの長くて甘い時間の後、ベッドに身体を投げ出したまま、ぼんやりとする葵の汗ばむ頬にキスをして、彼がゆっくりと入ってくる。

——ひとつになった瞬間に目尻から雫が流れ落ちる。狂おしげに眉を寄せる晃介の顔がじわりと滲んでゆく。

「葵……？」

晃介が、指で涙を掬い上げる。

葵は首を左右に振った。

「ち、違うの……、う、嬉しくて。もう二度と……こんな風に、あなたに抱かれることは……ないって思ってたから……」

自分を囲む逞しい腕も、胸を熱くする真っ直ぐな視線も、今自分の中にある愛おしい熱も、すべて一度は諦めたものなのだ。二年前、血を吐く思いで手放した。再び触れることができるなんて、現実とは思えない。

「夢みたいで……」

溢れる涙を止められなくて両手で顔を覆った。

「俺もだよ」

温かい声音で彼は答える。涙に濡れる葵の手を取り、指を絡めて口づけた。

「葵のいないこのベッドで、何度も俺は頭の中で君を抱いた。目が覚めたら、またいなくなるんじゃないかと怯えている」

彼の言葉に葵の胸が締め付けられる。

会えない夜の切なさは、葵にも嫌というほどよくわかる。

「晃介……私、ここにいる。どこへもいかない」

溢れる涙を拭うこともせずに葵は彼に約束する。もう、絶対に彼のそばを離れない。

晃介が微笑んだ。

「ああ、この温かさは夢じゃない」

そう言ってゆっくりと動きだす。

二年ぶりの彼のリズムと、汗ばむ身体を愛おしむように這いまわる大きな手が葵を幸せな世界へと昇らせる。

「あ……」

「つっ……この声も本物の葵だ。だけどまだ足りない、もっと実感させてくれ。……こうやって」

互いの存在を確かめ合うように、深く愛し合うふたりの影が、煌びやかな夜景に浮かんでいた。

明るい光を感じて、葵はうっすらと目を開く。目の前に朝焼けに浮かぶ都心の景色が広がっていた。

普段とはまったく違う目覚めにハッとして起き上がる。遠く朝日を反射させているスカイツリーに目を留めて、ここが晃介のマンションだということを思い出した。たくさんの出来事がいっぺんに起こった昨夜のことが頭に浮かんだ。

今葵がいるのは晃介の寝室だが、隣にいるはずの彼はいなかった。

それにしてもこんなに朝まで熟睡したのは本当に久しぶりのことだった。いつもは子供たちに蹴られるか、あるいは彼らが布団から飛び出していないかが気になって、夜中に何度も起きてしまう。

とそこで、子供たちのことを思い出して葵はまたハッとする。昨夜シャワーを浴びる前に和室で眠る姿を見たきりだ。慌てて入口を振り返ると、晃介が入ってきた。

「起きたのか、おはよう」

「お、おはよう」

「子供たちはまだよく眠ってるよ」

安心させるように言ってベッドの上の葵のところまでやってくる。

「気になって夜中(よるじゅう)この部屋と和室を行ったり来たりしたよ」

苦笑しながら、葵を後ろから包み込むように抱きしめた。

どうやら寝てしまった葵に代わり、子供たちが寒くないか、夜中に起きて泣いていないかと見ていてくれたようだ。

「夜は悠馬の方がやんちゃなんだな？　何回も布団から飛び出してたよ」

その言葉に、葵はふふふと笑って頷いた。

「そうなのよ、変だよね。でも起こしてくれたら、私、あっちに行って寝たのに……」

昨夜は、久しぶりに彼の腕に抱かれた。二年ぶりに足を踏み入れたこの彼の寝室で、今までの空白を埋めるようにふたりは深く愛し合った。

これ以上ないくらいに幸せで満たされた時間だったけれど、最後は記憶が曖昧なくらいくたくたで……。子供たちのことが頭になかったというわけではないけれど、そのまま寝てしまったようだ。

「気持ちよさそうに寝てたから起こす気になれなかったんだ。寝顔が、可愛くて」

朝には似合わない甘い言葉を口にして、晃介は葵の髪に顔を埋める。耳に唇を寄せて囁いた。

「疲れさせたのは俺だし……身体、大丈夫か？」

葵の胸がドキンと鳴る。

昨夜、このベッドの上で起こった出来事を思い出してしまったからだ。

昨夜彼は、長い時間ため込んだ思いをぶつけるように情熱的に葵を抱いた。

肌の上を縦横無尽に動き回る不埒（ふらち）な手、執拗に弱いところを責め続ける唇に、葵は翻弄され続け、何度も何度も限界を迎えた。

そのたびにもう許してほしいと訴えたけれど、すべて愛の言葉でねじ伏せられた。

「だ、大丈夫だけど……」

頰が熱くなるのを感じながら答えると、晃介が首を傾げた。

「けど？」

葵は彼を睨んだ。

「……ちょっとやりすぎだと思う。私、夜は晴馬と悠馬と一緒に寝なくちゃいけないのに、子供たちのところへ行けなくなるまでするなんて。私と晃介じゃ体力が違うんだから考えてくれないと……」

口を尖らせてぶつぶつ言うと、晃介がフッと笑う。葵の髪に顔を埋めてくっくと肩を揺らしている。

葵は再び彼を睨んだ。

「晃介？」

「ごめんごめん」

晃介が笑いながら口を開いた。

「だけど半分は葵のせいだ。俺はああなるのがわかっていたから自制したのに、君がそれを飛び越えた」

「だ、だからって！　あ、あそこまでするなんて思わないじゃない」

「思わない？　本当に？」

眉を上げて晃介が素早く切り返す。

「え、えーと……」

葵はごにょごにょと言って勢いをなくした。

思い返してみれば、恋人だった頃の晃介も、ベッドの上では昨夜のように少し強引だったのだ。葵はいつも太刀打ちできずに彼の思うままにされていた。

知らなかったという言い分は通用しない。

「でも、すごく久しぶりだったのに……」

「久しぶりだからだよ。再会してからずっと俺は我慢続きだったんだ。近くに葵がいるのに触れられないなんて、頭がおかしくなりそうだって言ってただろう？」

まったく反省する様子のない晃介に、葵は頬を膨らませる。とはいっても本気で嫌だというわけではないのが困ったところだった。

全力で彼に求められるという幸福感は、なにものにも代えがたい。昨夜は葵も、我を忘れて彼の愛に応えたのだ。

「でもやっぱり子供たちのことが気になって……」

ため息をついて呟いた。

再び一緒にいようと決めたけれど、以前とまったく同じというわけにはいかない、そのことを痛感していた。

母親としての責任と、パートナーに愛されること、世の中の妻たちはどうやって両立しているのだろう?

「大丈夫、これからも葵を抱いた後は俺が子供たちを見ることにする。だから葵は安心して、俺に愛されていればいい。ベッドの上では俺に葵をひとりじめさせてくれ」

「ひとりじめって……。て、手加減してね?」

振り返りそう言うと、晃介はにっこりと笑う。でも頷いてはくれなかった。

「晃介ってば!」

声をあげる葵の頭を、晃介はくっくと笑ってくしゃくしゃとなでる。そして窓の外に視線を移して、目を細めた。

「俺、今朝のこと一生忘れない。最高の気分だよ」

朝の景色を見つめる彼の横顔が綺麗だった。

「これからは、葵と子供たちとずっと一緒にいられるんだ。幸せすぎてまだ信じられない」

「晃介……」

葵もまったく同じ気持ちだった。幸せすぎて、まだ現実のこととは思えない。でも今が新しいスタートなのだということは、はっきりと確信している。なんだか生まれ変わったような気持ちだった。

でもそこで晃介がなにかを思い出したように「ああ、でも」と言う。そして少し申し訳なさそうに口を開いた。

「……せっかく一緒にいられるのに申し訳ないけど、再来週から一カ月スウェーデンに行く予定なんだ。留守にして悪い」

「スウェーデン？　研修かなにか？」

尋ねると、晃介はしばらく沈黙してから口を開いた。

「俺の母が亡くなっているのは知ってるよな？　脳腫瘍だったんだ。同じ症例の治療法がスウェーデンで始まって。それを、学びに」

「……お母さまと同じ症例？」

「うん。母自身はもうすでに亡くなっているから救うことはできないけど、同じ症例の患者をひとりでも多く救いたい。……俺が医師になった時、立てた目標のひとつなんだ」

彼の母親がすでに亡くなっていることは知っていたけれど、脳腫瘍が原因だとは知らなかった。だけどそれならば彼が脳外科医になったのは納得だ。

「晃介にとって大切な研修なのね」

呟くと、晃介が頷いた。

「ああ、今回、チームに加えてもらえたのは幸運だった。世界中の医師が希望していたからね。なんとか滑り込むことができてよかったよ。……一刻も早く日本に技術を持ち帰りたい」

彼はそこでまた沈黙し葵を抱く腕に力を込める。朝焼けをジッと見つめている。

葵は黙って彼の次の言葉を待つ。

晃介が一段低い声を出した。

「……そしたら、父へのわだかまりにもひと区切りつけそうだ」

不穏な響きを帯びた声音と、父という言葉に、葵の胸がどきりとした。

思わず聞き返してしまう。

「わだかまり……？」

「ああ。母は、腫瘍が見つかる半年前から父に頭痛を訴えていた。……それを父は真剣に取り合わなかった。『ほとんど家に帰らない俺に対するあてつけだろう』と言って、診察を勧めなかったんだ。昔から家庭を顧みない人だったけど、母は、医師としての父を尊敬していたんだ。俺がいくら病院に行くように言っても父の言葉を信じていた」

そこで晃介は言葉を切って深いため息をついた。

「……もちろん、その時に病院に行っていたとしても助かったという保証はない。見つかった時は手術不可能なほど腫瘍が広がっていたという話だけれど、それがどこから広がったのかはわからないから。……だけど」

晃介が端正な顔を歪めて、やるせないといったように首を振った。

「だからこそ、父には悔いが残らないよう慎重に判断してほしかった。……俺は……俺はずっと父を恨んでいた」

つらい部分を言い終えて、彼は葵の髪に口づける。葵の香りを吸い込むように呼吸をして、目を閉じた。

「……だけどそれも終わりにする」

葵はゆっくりと振り返った。

「晃介がお母さまの病気を治せるようになるから？」

晃介が、目を開いて穏やかな笑みを浮かべた。

「それもあるけど……、一番の理由は君たちだ」

「……私たち？」

「そう、葵と晴馬と悠馬。……どんなに医療が進歩しても人は必ずいつかは死ぬ。それは俺も例外ではないだろう。だったら俺は限りある時間を君たちを愛することに使いたい。……昨夜君たちの寝顔を見ていて思ったんだ」

そう言う彼の表情はどこかすっきりとしていた。

「父とは永遠にわかり合えない。だけどそれにこだわるのはもう終わりだ。君たちを愛して生きていく。葵、愛してるよ」

輝く朝日に照らされた彼の瞳が綺麗だった。愛おしい人がそばにいる、ただそれだけでどんな試練も乗り越えられる、それを知った者の瞳だった。

葵の胸が熱くなった。自分も彼と同じだと確信する。

今胸を満たしている思いが口から溢れ出した。

「晃介、私もあなたを愛してる。あの子たちとあなたと生きていく」

頬を伝うひと筋の光を彼の指が掬う。

「うん」

彼を見つめて、今度は葵が決意を口にする。

「あのね、晃介。スウェーデンから帰ったら私の話を聞いてほしいの」

晃介が少し驚いたように目を開いた。

「……帰ってからでいいのか？」

「うん」

迷わず葵は頷いた。

「帰ってからでいい。私ももう迷わないから。この家で子供たちと一緒に、晃介の帰りを待ってるね」

言葉に力を込めてそう言うと、彼の瞳が一瞬揺れる。

「わかった。待っててくれ」

そのまま温かな眼差しがゆっくりと近づいてふたりは柔らかなキスを交わす。

もう迷わない、彼を信じると決めた誓いのキスだ。

――その時。

「まんまー！」

リビングの方から可愛く自分を呼ぶ声がする。子供たちが起きたようだ。

「まんま！」

晃介が嬉しそうに笑みを浮かべた。

「起きたみたいだ」

白河大介から葵にコンタクトがあったのは、晃介がスウェーデンへ発ってから一週間後のことだった。

職場にて、外科部長の高梨に応接室へ呼び出されたのである。来客があるからすぐに来てほしいという伝言を葵は不審に思った。高梨から話があるならともかく、来客には心あたりがない。

「失礼します」

断ってからさほど広くはない部屋に入り、中にいる人物に目を留めて、葵は凍りついた。

高梨と向かい合わせに座っている人物に見覚えがあるからだ。二年前に一度会ったきりだが間違いない、白河大介だ。

「ああ、谷本さん。久しぶりだね」

彼はそう言って、不自然なくらいにこやかに笑った。

「高梨君に用があって来たんだ。ついでに久しぶりに顔を見ておこうと思ってね」

一方でなにも知らないであろう高梨の方は、明らかに戸惑っていた。あたりまえだ。自分を転職へ追い込んだ、医療界の帝王ともいう人物と最近入職したばかりの部下、いったいどういう関係なのだと思っているのだろう。

「谷本さん、まあ座りなさい。高梨君、申し訳ないが席を外してくれないか。彼女に話があるんだ」

そう言う大介は親しげで、不穏な空気は微塵もない。高梨が頷いた。

「え、ええ、もちろんです」

そして後ろを振り返りながら部屋を後にした。

葵は高梨の代わりに向かいのソファに腰を下ろす。大介が目の前のコーヒーをひと口飲んで、高梨が出ていったドアに視線を送った。

「彼は、もとは白河病院にいた人間だ。ちょっとしたことがあって今はこの病院にいるが、ほとぼりが冷めればまたうちに戻してもいいと思っている。だからこうして、時々会っているんだよ」

懲罰的に外へ出したとはいえ、身内には違いないということか。

「存じ上げております」

葵が答えると、大介は頷いてカップを置く。そして鋭い視線で葵を見た。

「……で、私が来た用件はわかるな？」

晃介によく似た低い声での問いかけに、葵は膝に置いた手をギュッと握り答えた。

「はい」

取り繕っても無駄だろう。合意書を交わしてから一度も連絡を取っていなかったのに、このタイミングで現れたのだ。すべてバレているに違いない。

大介が忌々し気に舌打ちをした。

「君は自分がなにをしているのかわかっているのか？」

睨まれて、怯みそうになる気持ちを励ましながら葵は頷く。

「はい。……奨学金は、一生かかってもお返しします。過分にいただいた退職金も」

大介が鼻を鳴らした。

「この病院で勤めながら……か？」

「……はい」

なぜ彼が、葵に直接コンタクトを取らずにわざわざ職場に現れたのか、理由は明白だ。ここが自分の影響力のある病院だと見せつけるためだろう。

二年前とやり方はまったく変わっていないというわけだ。

「たとえ、ここを辞めさせられたとしても、どんな仕事をしてでも必ずお返しします」

膝に置いた手をギュッと握って、葵ははっきりとした声で言った。

二年ぶりに会った白河大介は、以前と変わらず威圧的な空気をまとっている。彼の一存で、葵は四百万円の借金を負い、せっかく慣れた職場を追われるかもしれないのだ。怖くないはずがない。

だけどもう逃げないと決めたのだ。

晃介と子供たちと生きていく。もう脅しには屈しない。

二年前に対峙した際、怖くてまともに見られなかった大介の顔を真っ直ぐに見つめて葵は宣言した。

「私、晃介さんを愛しています。どう脅されてももう逃げません。私たちのことを、認めてください」

大介が、わずかに目を細めてしばらく沈黙する。そして馬鹿にしたような笑みを浮かべて口を開いた。

「晃介がいれば四百万などへでもないということか、なんなら働く必要もないというところだろう。金のために子供まで生むなんて、なにも知らないような顔をして君は見かけによらずやり手だったというわけだ」

奨学金の返済について晃介に頼ろうなどと葵は思っていなかった。でも反論しても無駄だろう。

沈黙する葵に、大介がたたみかける。

「だがそれにしては、この件を君はまだ晃介に言えていないようだな。スウェーデンへ行く前に顔を見た際も、やつはなにも言っていなかった。そもそも私は晃介から君の話をまったく聞いていない。先日、誰かいい人はいないのかと尋ねたが、そんな相手はいないと言い切っていた」

薄ら笑いを浮かべ、さらに言葉を続けた。

「家柄のよくない看護師との結婚など私に反対されると思ったのか、あるいは周りに言いたくもない関係なのか……」

侮辱的な言葉にも葵は動じなかった。晃介が父親に言わなかったのは自分との約束があったからだ。

カレーをかぶって笑い合っていた晃介と子供たちの笑顔が胸に浮かぶ。どのような言葉にも揺らがない。

「晃介さんに言わなかったのは、私にも迷いがあったからです。でももう決めました。晃介さんがスウェーデンから帰ってきたら、お話ししようと思っています。……私、晃介さんを信じます」

言葉に力を込めて言い切ると、大介が薄ら笑いをやめる。

「なるほど、晃介に愛されている自信があるとでもいうわけか。……くだらん」

不快そうに吐き捨てた。

「だがその愛とやら、どこまで信用できるのかな。私は私に刃向かうものはたとえ身内だとしても容赦はせん。息子だとしても、それは一緒だ」

チラリとドアを見た。

「さっきまでここにいた高梨君は、私の従妹の夫だ。身内になるわけだが白河病院時代、私の方針に逆らった。だから、白河病院にいられなくなった。わかるな？　晃介は今、白河病院の理事という地位にいる。外科内では外科部長に次ぐ位置にいるが、私に刃向かうならそれらすべての役職から外す。あいつは……今まで築いてきたものすべてを失うことになる」

大介の言葉に、葵はキュッと唇を噛んだ。葵自身を攻撃するのは無意味だと気がついて晃介に矛先を向けることにしたようだ。

脅しでは、ないように思えた。

この男は、自分の思い通りにならなければ、息子であっても切り捨てるだろう。

「キャリアにプラスになるようなオペからも外す」

大介がにやりと笑ってとどめだとばかりに言い放つ。その言葉に葵は息を呑んだ。

本当ならあまりにもひどい言葉だ。キャリアにプラスになるような症例のオペとは、すなわち難しいオペということだ。

晃介がキャリアにこだわることはないだろうが、それでも難しいオペであるほど晃介が執刀するべきだ。彼の高い技術を求めて、全国からたくさんの患者が集まる。

「……それとも、そんなことはどうでもいいか？　晃介の金さえあれば？」

医者とは思えないひどいやり口だ。でもその攻撃に葵の心は揺さぶられた。

少しの間しか一緒に働けなかったけれど、その間にもたくさんの患者が晃介のオペで命を救われて元気に退院していくのを見た。彼が執刀できなければ、救える命も救えなくなるという可能性すらある。

……でも。

「……それは晃介さんに関わることですから、晃介さんに決めていただきます」

そう答えて葵はゆっくりと目を閉じる。

もう同じ過ちは繰り返さない。

自分と彼は同じ未来を目指している。もう心はひとつなのだから、ひとりで結論を出さない。

しばらくは長く重い沈黙が応接室に横たわる。先に口を開いたのは大介だった。

「……なるほど」

低い呟きに、葵は目を開いた。

「脅しには屈しないというわけか」

大介はそう言っておもむろに立ち上がる。言うべきことは言ったから帰るつもりなのだろう。葵はそれを座ったまま視線だけで追った。

ドアノブに手をかけて大介が振り返った。

「私に歯向かったこと、後悔するといい」

そう言い残して部屋を出ていった。

ドアが閉まると同時に、葵はホッと息を吐く。震える両手を膝の上で握りしめた。

守りたいものがある、それだけで人は強くなれるのだ。今それを実感している。

以前の葵なら想像もできなかったことだった。医療界の頂点に立つ人物に宣戦布告のような言葉を口にするなんて。

絶対にありえない。

でも母として愛おしい子供たちのため、愛する人との場所を守るために、負けるわけにいかなかった。

晃介は、葵と双子たちのために高い壁を乗り越えてくれた。今も、幸せな未来のためにひとつの試練に立ち向かっている。

その彼と、あの家で待っていると葵は約束をしたのだ。

その約束をなんとしても果たしたい。

自分の戦いが今始まった。

白河大介が出ていったドアを見つめて、葵はそう自覚していた。

「おー！　おー！」

悠馬が、携帯の画面を指さして興奮した声をあげる。

「ぱっ、ぶあ！」

晴馬も負けじと後ろから叫んだ。

《悠馬、わかるか？　パパだ。お、晴馬、風邪引いてないか？　ママの言うこと聞いてるか？》

画面の中では晃介が、目を輝かせてこちらを覗いている。こっちは夕食を済ませたところだが、彼の後ろは明るかった。彼がいるのはスウェーデンの首都ストックホルム、昼休みだと言っていたから病院内のカフェかどこかにいるのだろう。

彼がスウェーデンへ発って二週間が過ぎた。忙しいし時差もあるため、葵の側からはなかなか連絡は取りづらい。メッセージを送るくらいだ。でもその代わりに彼からは時々電話がある。顔が見えるテレビ電話に子供たちは大喜びだ。

「晃介こそ、体調はどう？　そっちは寒いでしょう？」

どアップで画面に陣取る双子の隙間から、どうにかこうにか画面を覗き、葵が彼に問いかける。晃介が頷いた。

《ああ、めちゃくちゃ寒いよ》

「忙しいとは思うけど食事はちゃんと取ってね」

そばにいないと、ついつい口うるさくなってしまう。忙しい彼は普段の食事を疎かにしがちだ。

「栄養ドリンクはダメだからね！」

そんな葵に晃介が柔らかく微笑んだ。

《寮にレストランが併設されてるから食事もちゃんと食べてるよ。でもそろそろ日本食が恋しくなってきた。葵の味噌煮込みうどんが食べたい》

どこか甘い響きを帯びた言葉が嬉しくて葵は頬を染めた。

「帰ってきたら作るね」

《楽しみだ。そっちはどう？　変わりない？　保育園が遠くなったのに、なにもかもひとりでさせて申し訳ない》

晃介のマンションに引っ越してきたことで、保育園も職場も徒歩圏内ではなくなった。不便といえば不便だが、マンションの駐車場をもう一台分借りて葵の車を持ってきた。その車で移動するようになったから、安全だ。

葵は首を横に振った。

「大丈夫、もともとはひとりでやってたんだもん。それに晃介がいない間は、母に手伝ってもらうことにしたの。保育園へ迎えに行ってアパートで待っててくれるから、私は母のアパートへ迎えに行くことになってるの」

こちらへ来て数カ月が経ち、体調も落ち着いた母が、手を貸してくれるようになった。保育園への迎えがちょうどいい運動になっていると言ってくれるのがありがたかった。

「だから晃介は、安心して仕事に集中して。帰りを待ってるから」

晃介は納得したように頷いて、あとはしばらく晴馬と悠馬と会話にならないようなやり取りをする。

《また電話する》と告げて通話を切った。

葵はホッと息を吐く。

『変わりない？』という彼からの問いかけに、葵は『大丈夫』と答えた。

半分は本当で半分は嘘だった。

白河大介にふたりのことを知られてしまってまた脅しをかけられている。変わりないというわけではないだろう。

でも大丈夫というのは本当だ。

なにがあってももう逃げださない。ここで子供たちと彼の帰りを待つ。

大介がコンタクトを取ってきたことについては、晃介には帰ってきてから話すと決めている。

彼が参加すると聞いてから、葵はスウェーデンで新しく始まった脳腫瘍の治療法について自分なりに調べた。

脳外科の分野では新しい試みで、世界中の脳外科医が注目しているプロジェクトだという。参加したいと手を挙げる医者はたくさんいたけれど、日本人として参加が許されたのは晃介のみ。

プロジェクトが成功し、彼が日本に技術を持ち帰ることができれば、日本の脳外科の分野は一歩進むだろう。

それこそ母の死を彼が乗り越えるために必要なことなのだ。

今、不用意に日本でのことを話して、彼の心を乱すようなことはしたくなかった。

通話が終わり父親が映らなくなった画面に向かって残念そうにぶーっと口を尖らせて、子供たちは解散する。そして和室に設置されたジャングルジムへ走っていった。

ジャングルジムはもともと葵の家にあったものを持ってきたのだが、晃介がブランコとボールプールを買い足してバージョンアップしてくれた。子供たちはこのスペースが大のお気に入りで、夕食から風呂までの時間はたいていそこで遊んでいる。その間、葵は夕食の片付けができるのがありがたかった。

そんなふたりの姿を見つめてふと思いあたり、葵は昼間に届いた白河大介からのメッセージを開く。【子供たちについて話があるから土曜日の午後白河病院の理事長室へ来い】という内容だ。

……本当は行かない方がいいのだろう。

晃介がいない間に、なんとかして葵に諦めさせようと揺さぶりをかけてくるのは明白なのだから。

それでも【子供たちについて】という部分に葵は引っかかっている。両親と対立しているとはいえ、白河大介は紛れもなく双子の祖父だ。

そのまましばらく考えたのち、葵は携帯の画面をタップして母の電話番号を開いた。

土曜日の昼下がり、葵は以前勤めていた白河病院のエントランスにいた。悩んだすえに、子供たちを母に預けて大介の呼び出しに応じたのである。

久しぶりに訪れた以前の職場は葵の記憶となにも変わっていなかった。白いスタイリッシュなデザインの建物が整然と並んでいる様子に、葵は複雑な気持ちになる。

看護学校を卒業した時、ここでずっと働き、病に苦しむ人たちの役に立ちたいと決意していた。それなのに突然去らなくてはならなくなったのだ。

感傷的な気持ちになるのは仕方がない。けれど、ぼーっとしているわけにもいかなかった。うかうかしていたら、知り合いに会ってしまう。

早足に総合受付へ向かい用件を告げると、最上階の理事長室へ行くように言われる。大介はそこで待っているという話だった。

葵はひとりエレベーターに乗り込んだ。理事長室も、あの日以来だ。

最上階は白河病院の理事たちの個室や、大会議室が並ぶ階でほかのエリアとは大きく雰囲気が異なっている。えんじ色のカーペットが敷き詰められた廊下を進み、黒い重厚な扉の前で立ち止まり、深呼吸をひとつした。
前回ここへ来た時は、なにが起こるかわからなくて怖くてたまらなかった。
――でも今は大丈夫。
子供たちと、晃介の笑顔を思い浮かべ、胸元で拳をギュッと握りしめる。そのまま
コンコンとノックした。
「はい」という言葉に「谷本です」と答えると、静かにドアが開く。
白河大介が立っていた。心なしか顔色がよくなかった。
「入りなさい」
その言葉に従い中に入り、二、三歩踏み出したところで足を止める。広い部屋の手
前に設けられた応接スペースに見知らぬ人がふたり並んで座っている。
一瞬葵は、自分が早く来すぎたのだろうかと思う。彼らを、先客だと思ったのだ。
でもその葵を大介は応接スペースの手前のソファに座るよう促した。
「なにをしてるんだ。早く座りなさい」
訝しみながら、葵が言う通りにすると、大介は葵の隣にひとり分のスペースを空け
て腰を下ろす。
見ず知らずの人物ふたりと、向かい合わせに座っているという居心地の悪い状況の

中、葵は彼らを観察する。

ひとりは大介と同じくらいの年齢の男性だ。きっちりとスーツを着ていて、どこか大介と同じような威圧的な空気をまとっている。はじめて顔を合わせるというのに、眉間に皺を寄せて葵に対する不快感が滲み出ているように思えた。

もうひとりは葵より少し若い女性だった。胸元が大きく開いた派手なデザインのワンピースを着て、大きな石のついたネックレスとピアスをしている。茶色い巻き毛の派手な美人だった。

こちらも初対面にしては不思議なほど不機嫌な表情で、葵を睨みつけていた。

重苦しい空気の中、大介が口を開いた。

「山里政務官、こちらが谷本君です」

目の前のふたりに、葵を紹介する。山里政務官と呼ばれた男性が頷いた。その彼に向かって、突然大介が頭を下げた。

「このたびは、息子が不始末をしでかしまして、大変申し訳ありません」

その不可解な言葉と行動に、葵は眉を寄せて彼を見た。

『不始末』というのが、葵と子供たちの話だろうというのはなんとなく予想がつくものの、なぜ彼らに頭を下げるのかまったくわけがわからなかった。

視線に気がついた大介が、低い声で葵に言う。

「君も頭を下げなさい」

もちろん葵は言う通りにしなかった。だいたい相手が誰なのかも聞かされていない。

山里がため息をついた。

「頭を上げてください、白河先生。こちらが話を持ちかける前の話なのでしょう？　私どもは大ごとにするつもりはありません。晃介くんほどの人物なら、若気の至りくらいあって当然です。それは娘にもよく言って聞かせました」

そのわりには、まったく納得した様子もなく葵を睨みつける女性の視線に、なんとなく葵は状況を把握しはじめる。

葵のことを『不始末』あるいは『若気の至り』と表現する彼らの意図するところは……。

「谷本くん、こちらは山里厚生労働大臣政務官とご息女、美雪さん、晃介の婚約者だ」

「婚約者……？」

思わず葵は呟いた。なにかしらそういう位置づけの女性だとは思ったものの、まさかそこまでとは思わなかった。

唖然（あぜん）とする葵に、向かいに座る美雪が馬鹿にしたような笑みを浮かべる。

大介が、葵の問いかけに対する答えを口にする。

「そうだ、婚約者だ。先日顔合わせも済ませた。君は、晃介からなにも聞かされていないのか？」

侮蔑の響きを帯びた大介からの問いかけに、葵は答えることができなかった。

当然葵は晃介からなにも聞いていない。しかも話を聞いていないどころか、彼からそのような素振りも一切感じなかった。

まさか、という思いが頭に浮かぶ。

でもその考えを葵はすぐに打ち消した。彼が自分に言わなかったのは、その必要がないと判断したからだ。彼を、信じなくては。

沈黙する葵を一瞥して、大介がまた山里の方に向き直る。

「山里さん、谷本君にはまだ詳細を話しておりませんで……」

山里が頷き、葵に向かって口を開いた。

「私が面会を希望したのだよ」

そしてそのまま、ことの経緯を説明する。

「晃介君と美雪の縁談を正式に進めるにあたって、晃介君のことを少し調べさせてもらったんだ。そしたら君と子供たちの存在がわかったというわけだよ。もちろん晃介君は日本の脳外科の分野を牽引する優秀な医師だから、女のひとりやふたりはいるだろうと思っていた。だから君の存在自体は些末なことだ」

そう言って山里は、目の前のコーヒーをひと口飲み、喉を潤してからまた話しはじめた。

「だが子供がいるとなればやっかいだ。別れてそれで終わりとはいかないからね。もちろん、この縁談には晃介君も前向きだと聞いているから、彼は、君について自分の手で始末をつけるつもりなのだろう。本来なら私がでしゃばることではない」

そこで言葉を切って、隣の美雪をチラリと見る。彼女は軽蔑するようにこちらを睨んでいる。

「……だがこの通り、娘が不安がっていてね。君も人の親ならわかるだろう。私は娘には幸せな結婚をしてもらいたいんだ。取り除ける汚れならば、この手で取り除いておきたい」

葵のことを〝汚れ〟と表現して、山里は鞄から書類を出し、葵から読める向きにセンターテーブルに置いた。

「君と娘夫婦との関わりについての合意書だ。条件は悪くないはずだ」

合意書というタイトルの書類には、多額の養育費に加えて、葵への手切金、都内の一等地にマンションを用意するとある。ただし、親子の面会は一切行わないことというのが条件だ。

「晃介君は今大切な時期だから、日本に帰ってきてから、彼の了承を得ることにしよう。内容的には問題はないはずだし」

勝手な言葉を口にして、山里が万年筆を葵に向かって差し出した。サインをしろということだろう。

それをジッと見つめて、葵はしばらく沈黙する。そして大きく息を吸ってから口を開いた。

「子供たちのことを私ひとりでは決められません。晃介さんと相談します」

その返答に、山里が顔を歪めた。

「この条件は今だけだ。持ち帰りは許さない」

「……それでも、サインはできません」

きっぱりと葵は言う。

二年前と同じ誤ちは繰り返さないと心の中で唱えながら。

「サインすれば、君は一生贅沢な暮らしができるんだ。働く必要もない。いったいなにが不満なんだ？」

心底不思議だというような山里の言葉にも答えなかった。

「谷本君！」

隣で大介が、焦ったように口を開いた。

「サインをしなければ、贅沢どころか働く場所もなくなるんだぞ。山里政務官は君の勤務先にも顔が利く。晃介の立場だって同じだ。失職すれば、晃介は君たちを養うこともできなくなる」

低い声で叱るように言う。

それに山里が反応した。

「いやいや、白河先生。私は晃介君には手出しはしませんよ。彼は日本の医療界の宝だ。たかが看護師の彼女とは違う。たった一度の失敗で彼がメスを持てなくなるなどありえないですからね」

鷹揚に言って、にっこりとする。だがその目はまったく笑っていなかった。

「谷本さん、君が晃介君にこだわる気持ちはよくわかる。彼のような優秀な男が、君みたいなただの看護師と関係を持つなど、めったにあることじゃないからね。彼を信じたいのだろう。だが、男には必ず本音と建前があってね。君は晃介君の本音の部分にまだたどり着いていない」

葵に向かって気持ち悪いほど優しい声で、諭すように話し続ける。

「見合いの件を君がなにも聞いていないのがその証拠じゃないかね？　あの日晃介君は、娘を料亭の庭へ連れて行って長い間話をしていたよ。娘が言うには、終始にこやかで見合いについて否定的な言葉はひと言もなかったそうだ」

その山里の言葉を聞くうちに、なんだか葵は心が気持ちの悪い色に染められていくような心地になる。

よくない考えが頭に浮かんだ。

――確かにそうだ。どうして晃介は、お見合いなんかしたんだろう？

美雪が得意気に口を挟む。

「晃介さん、自分についてたくさん知ってほしいからって、いろいろおしえてくださいました。今行っておられるスウェーデンの研修は、亡くなったお母さまと同じ症例を治すための研修なんだっておっしゃって……。ふふふ、カッコよかった」

山里が娘の言葉に頷いた。

「この通り上部だけの話ではなく、少し深い話もしたようだ。娘は、彼とならば幸せな家庭を築けると確信したそうだよ。それは晃介君も同じだったようだ。見合い後すぐに話を進めてほしいという返事をもらった」

山里の口から語られる晃介は、葵の知らない姿だった。また頭に灰色がかった疑問が浮かぶ。

――どうして彼はこのことをなにもおしえてくれなかったのだろう？　例えば付き合いで仕方なく見合いをしたのだとしたら、隠す必要はないはずだ。

山里が同情するように葵を見て、口を開いた。

「一方で、君とはどうだね？　子供まで作っておいて籍すら入れていないじゃないか。冷静に事実だけを見れば、晃介君の気持ちは明白だ」

美雪が憐れむように葵を見る。その視線も、葵の心を蝕んだ。

彼女の髪は綺麗にカラーリングしてあって手入れが行き届いている。メイクには一ミリの隙もなく、爪も上品な花柄のネイルが施してあった。どれもこれも双子を育てる葵には到底できないことだった。もしかしたら晃介は、こういう葵にないものを彼女に求めたのかもしれない。

――お見合いの後もふたりで会ったりしたのかな……。

「言葉とは便利なものなのだよ、谷本さん。晃介君は、結婚しようとは言わなかったはずだ。そんな餌などなくとも、君をその気にさせるくらい彼にとっては容易いことだからね。『ずっと君のそばにいる。一緒に住もう』とでも言われたんじゃないか？」

見てきたように山里が言う。その言葉に、葵の心がまた反応した。

——確かに彼は、そのようなことを言った。そして「結婚しよう」とはひと言も……。

「かわいそう……。晃介さんも悪い人ね、パパ？」

美雪が眉を寄せる。

それに山里が答えた。

「それが大人のルールなのだよ、美雪。むしろ本気になる方が悪いのだ」

葵の胸がズキンと痛む。

——かわいそう……。そうかもしれない。少なくとも事実だけを見て、冷静に考えたらそういう結論になるのだろう。

葵の胸が、晃介に対する不信感でいっぱいになっていく。彼が、葵の知らない間に見合いをしていたということだけを考えても、不信を抱くには十分だ。

私、騙されていたの……？

——でもそこで。

『俺を、信じてくれ』

唐突に彼の声を聞いたような気がして、ハッとする。

真っ黒に染まりつつある葵の心に、ぽとりとひとつ、透明な雫が落ちたような心地がした。その雫は、ゆっくりと広がっていく。

葵の髪を愛おし気に梳かす長い指。

双子をいっぺんに抱き上げる逞しい腕。

頭の中心がぐらぐらと揺れるような熱いキス。

俺を信じてくれと言った時の真っ直ぐな視線と、強い声音。

そうだ、なにがあっても迷わないと葵は彼に約束した。

彼を信じると決めたのだ。

二度と同じ誤ちは繰り返さない。

「ここまで言うのは私も本意ではなかったが、これで君もわかっただろう？　身のほどをわきまえなくてはならない時期にきているということが」

ため息まじりに山里が言う。

葵は彼を真っ直ぐに見て、頷いた。

「おっしゃる通りかもしれません」

「……そうか、わかってくれたか」

はじめて葵の口から意に沿う言葉が出たことに、山里の表情が明るくなる。そこへ葵は間髪入れず付け足した。

「でも、晃介さんの口から聞くまでは、サインはしません」

きっぱりと言って、自分の近くにある万年筆を山里に向かって突き返した。

「たとえどんな話だとしても、私、晃介さんから聞かなくては納得できないんです」

山里が一瞬ぽかんと口を開いて、すぐに顔を真っ赤にする。

「小娘が、馬鹿にしやがって」と吐き捨てるように呟いた。

彼は、机の上の万年筆を乱暴に掴み、鞄に突っ込んで勢いよく立ち上がる。そして大介の方を見た。

「白河先生」

「……は、はい」

「晃介君には、遊ぶならもっとかしこい女にしなさいとお伝えください。こんな強情で可愛げのない……。とにかく！　どう後始末をつけるか、しっかりと見させていただきますよ」

大介の返事を待たずに、足早にドアの方へ歩いていく。

「あ、パパ、待って！」

美雪も後に続いた。

最後に、山里は忌々しげに舌打ちをしてそのまま部屋を出ていった。

乱暴に閉まるドアの音に、見送ろうと立ち上がりかけていた大介が、諦めたようにストンと座る。そして葵を睨んだ。

「君は、自分がなにをしたかわかっているのか？　相手は厚生労働大臣政務官だぞ！　もしこのことが……」

とそこで、言葉を切り顔を歪めて頭を抱える。うずくまるようにソファにもたれかかる彼は、顔色がすこぶる悪い。

「……理事長、大丈夫ですか？」

自分が罵られているのも忘れて、葵が尋ねると、大介が「うるさい！」と喚いた。

でももうさっきの話の続きをする気はないようだ。

「……帰ってくれ」

力なくそう言って、両手で顔を覆った。

「くそ、もう時間がないのに……」

葵はしばらく黙って彼を見つめていたが、立ち上がり部屋を出た。

エレベーターで階下に降りてエントランスを抜けると、灰色の空から雪がちらついていた。

葵は立ち止まり空を見上げる。

晃介のいるストックホルムも雪が降っているだろう。

鞄の中で携帯が震える。確認すると、帰国を知らせる晃介からのメッセージだった。

手術は成功し患者の経過も順調だから、予定より少し早い二日後の便で帰るとある。

【早く君と子供たちに会いたい。愛してるよ】

いつもと変わらずに自分たちに愛の言葉をくれる晃介からのメッセージに、葵の胸は熱くなった。

自分のしたことは間違いないと確信する。目を閉じて、携帯を抱きしめた。

「晃介、私頑張ったよ」

晃介が帰国する日の午前中、仕事の休みを取った葵はひとり成田空港にいた。言うまでもなく、彼を出迎えるためである。本当なら子供たちも保育園を休ませて連れてきたかった。この一カ月彼らは随分と晃介を恋しがったし、それは晃介の方も同じだろうから。

けれど、二年前の出来事と彼がいない間に起こったことを一刻も早く話したくて、こうしてひとりやってきたのである。

到着ゲートから彼が出てくるのを、葵は今か今かと待っている。ストックホルムからの便は三十分ほど前に無事到着したようだから、もうまもなく出てくるはずだ。スーツケースをカートに乗せて出てくる人たちを葵はジッと見つめている。そしてついに、黒いダウンジャケットを着た晃介を発見した。

「晃介！」

彼の名を呼び、葵は思わず走り出す。そんな葵に気がついてカートから手を離した彼の胸に飛び込んだ。

「晃介、おかえりなさい！」

広い背中に腕を回して、一カ月ぶりの彼の香りを胸いっぱいに吸い込んだ。

「ただいま、葵」

彼の方も強く葵を抱きしめて、髪に頬ずりをして答えた。こんなに人目のある場所で抱き合うなんて、普段の葵には考えられない行動だ。でもそうせずにはいられなかった。この一カ月心細くて会いたくてたまらなかった。

彼と再会するまではひとりだったはずなのに、いったいどうやって過ごしていたのだろうと思うくらいだったのだ。

「体調、崩したりしなかった？　あっちは随分寒いみたいだけど」

存分に彼の温もりを感じた後、少し身を離して彼を見上げる。

晃介が、葵の頬に手をあてて微笑んだ。

「ああ、桁違いだったよ。でも大丈夫、君たちも元気だったみたいで安心した。迎えにくるってさっきメッセージ見たところなんだ。びっくりしたよ。仕事は休んだのか？」

「うん、一秒でも早く会いたかったの。待てなかったのよ」

「そうか、俺もだったから嬉しいよ」

晃介が心底嬉しそうにする。

その彼に微笑み返してから、葵は大事なことを口にした。

「それともうひとつ理由があって……。あのね、実は……晃介に今すぐ聞いてほしいことがあるの。帰国したばかりで疲れてるのに、申し訳ないけど」

それを聞いて晃介が真剣な表情になる。詳しい内容まではわからなくとも、なんの件についての話かは見当がつくようだ。

「もちろん大丈夫だ。……話せる場所に移動しよう」

そしてふたりは展望デッキへやってきた。吹き抜ける風は冷たいが、でもその分人が少なくて、ゆっくりと話ができそうだ。

手すりを掴み並んで滑走路を眺める。晃介が、今まさに離陸していったジェット機を見つめながら口を開いた。

「ここいいな。子供たちを連れてきたら喜びそうだ。飛行機も好きだろう？」

「うん、好き。本物を見たことはないから喜ぶと思う」

青空に飛び立つ白い機体を目で追って、葵は答える。

晃介がフッと笑った。

「不思議だな。今までここには何度か来たことがあるけど、ここまですごいなとは思わなかったのに。スウェーデンでの一カ月間、俺ずっとこうだったんだ。ストックホルムは水の都って言われてるくらい至るところに船があるんだけど、見かけるたびに子供たちに見せたいなぁと思ったり。雪が降れば、晴馬と悠馬に雪だるまを作ってやりたいと思ったり。ふたりに会ってから、自分の世界が広がったような気がするよ」

滑走路を眩（まぶ）しそうに見つめながら子供たちのことを口にする晃介は、子を慈しむ優しい父親の目をしている。話の内容も、葵にとっては共感できるものだった。

親になってから起きた心の変化は、今まで気にも留めなかったようなことひとつひとつが特別に感じられるという、素晴らしいものだった。

その変化を、彼も自分と同じように感じているのが嬉しかった。

そしてそのこと自体に、勇気づけられたような気持ちになる。どんな困難が降りかかろうとも、彼と一緒に子供たちを育てたい。子供たちと葵には、絶対に彼が必要だ。

「私も同じよ」

冷たい手すりを掴む手に力を込めて大丈夫と葵は自分に言い聞かせる。大丈夫、彼となら乗り越えられるはず。

そして隣の彼に向き直り、決意を込めて呼びかける。

「あのね、晃介」

晃介が金網に手をついたまま、葵の方を向いた。

「晃介がスウェーデンに行っている間……私、晃介のお父さん、白河理事長に会ったの」

「……父に？」

葵の口から出た、おそらく彼にとっては意外な人物の名前に、晃介が眉を寄せた。

「うん、私たちの事情を知っていらして……。それから厚生労働大臣政務官の山里さんって人と、その娘さんの美雪さんも一緒だった」

葵の言葉に晃介が息を呑む。

その彼がなにか言う前に、葵は次の言葉を口にする。

「理事長は、晃介と美雪さんは婚約してるっておっしゃってた。……先日お見合いをしたって……」

「違う！」

そこで晃介が鋭く葵の言葉を遮った。

「それは違う。誤解だ、葵」

そしてそのまま事情を説明する。

「確かに、政務官と娘さんには会ったけど、俺は向こうが見合いのつもりだとは知らなかった。そもそも娘が来るなんて聞いていなかったんだ。ただ白河病院の理事として政務官と顔合わせをするとだけ聞かされていた。さすがにその場でことを荒立てるようなことはできなかったけど、解散してからすぐに、父には断るように言っておいたはずなのに。……婚約なんて馬鹿げた話だ！」

その言葉と真摯な眼差しに、葵はすぐに頷いた。

「うん、信じてる」

晃介が安堵したように息を吐いた。でもすぐにまた険しい表情になる。そして心配そうに問いかけた。

「その面子に囲まれたなら、ひどいことを言われたんじゃないか？」

「……養育費と手切金を渡すから晃介とは別れろって言われた」

「くそっ！」

晃介が金網を拳で叩く。彼にしては珍しく乱暴な言葉を口にして、怒りの感情をあらわにする。

「俺が見合いを断ったから、調べたんだな。相変わらず、やることが汚い」

そして申し訳なさそうに葵を見た。

「葵……」

「わ、私は大丈夫。どうしてそうなったのかを確認したかっただけだから」

少し慌てて葵はそう言うが、彼は納得できないようだ。

「だけど俺がいない間に……息子を調べるなんて、どうかしてる」

金網を掴み悔しそうに言う。それだけで葵の心は慰められた。自分にはこんな風に怒ってくれる味方がいる。

「ありがとう晃介。私、本当に平気よ。晃介さえいれば、なにを言われても」

彼は自分のすぐそばにいる。そのことを噛み締めて、葵はいよいよ本題に入る。

「あのね、晃介。でも……その……理事長は、今回はじめて私たちのことを知ったわけじゃないの」

晃介が怪訝な表情になった。

「私、私ね……二年前にも一度、理事長とお会いしてるの。晃介とのことで、呼び出されて……」

緊張で少し声が震えてしまう。

その内容に、晃介が眉を寄せたまま絶句している。葵の言いたいことの方向性がなんとなく見えはじめているのだろう。

葵の胸がズキンと痛んだ。

自分の話す事実が彼の心を傷つけているのが、つらかった。

……けれど、すべて話さなくては。

「晃介、私があの時あなたになにも言わないで姿を消したのは、理事長からの指示だったの。……理事長は私は晃介に相応しくないから、別れて地元へ帰りなさいと言ったわ。でなければ、病院をクビにして看護学校の奨学金を一括で返済してもらうって……」

とそこで、奨学金の仕組みと自分が奨学生だということを彼に話していなかったと思いあたる。

「私、奨学金を借りて看護学校を卒業したの。卒業後、白河病院で三年働いたら返済不要になる契約で三年以内に辞めたら、一括で返済しなくちゃならないの。……理事長は言う通りにすれば地元に働き口を用意する。奨学金も返済しなくていいっておしゃった。……私、四百万円なんて大金用意できないし、看護師としての経験も浅くて再就職する自信もなかったから、理事長の言う通りにしたの。……ごめんなさい」

一気に言って、目を閉じる。

晃介が葵の言葉を否定した。

「君は悪くない！」

金網がガシャンと音を立てた。

「父が汚い手を使ったんだ……！　葵はなにも悪くない。……謝るのは俺の方だろう？　なにも知らなくて……」

悔しそうに端正な顔を歪める。葵は首を横に振った。

「晃介には言わない約束だったもの。仕方がないわ」

「でも、君は父のせいでつらい経験をしたんだ。妊娠も出産もひとりで乗り越えなくてはならなかった。父がしたことで……」

その言葉に葵は再び首を横に振る。

「それは違うの、晃介」

そうではないという結論が、葵の中にすでにある。しかもそれこそが本当に葵が彼に懺悔しなくてはならないことなのだ。

「私がひとりであの子たちを生まなくてはいけなかったのも、あなたに会えなくて寂しかったのも、……それからあなたと子供たちの大切な時間を奪ったのも……理事長だけのせいじゃない」

訝しむように目を細める晃介を真っ直ぐに見て、葵はずっと胸の中にしまい込んでいた後悔を口にする。

「あの時、理事長は私に言ったの。『晃介を信じてみるか?』って。……そうよね、奨学金のことも仕事のこともあなたに相談すればよかったのよ。そうしたらもしかしたら、今とは違う未来だったかもしれないのに。……でも私はそうしなかった。理事長が怖くて、黙って合意書にサインをした。私、私……あなたを愛してると言いながら、あなたを信じられなかった。私が、子供たちとあなたの時間を奪ったのよ! ……ごめんなさい……!」

胸に中でずっと渦巻いていたつらい思いを吐き出して、葵は両手で顔を覆う。溢れる涙と嗚咽を止めることができなかった。

「ごめんなさい……!」

繰り返しその言葉を口にする葵に、晃介は沈黙する。

どうして再会してからも葵がこのことを晃介に言えなかったのか、なににこだわっていたのか、十分に伝わったようだ。

愛する人の裏切りに、衝撃を受けてもいるのだろう。

彼が語った、灰色の二年間。それは一番近くにいる人物によってもたらされたのだという事実を受け止め、消化している。

このまま、突き放されたとしてもおかしくはないと葵は思う。

だが彼はそうはしなかった。金網から手を離し、両腕で葵を包み込む。泣きじゃくる葵を抱きしめて、温かくて優しい声音で囁いた。

「だけど、今回は信じてくれたんだろう？」

その言葉に、顔を上げて彼を見ると、穏やかな眼差しが自分を見つめていた。その中に、責めるような色は微塵も浮かんでいなかった。

「今回も、父と政務官は君を責めたはずだ。脅しをかけられたんだろう？　しかも俺が婚約してるような嘘までつかれていた。それでも君は俺を信じて帰りを待っていてくれた。……それで十分だ。もう自分を責めないでくれ」

呪いのように葵を苦しめ続けた胸の奥底の塊が溶けていくのを感じていた。

そうだ、今回葵は屈しなかったのだ。

「うん……私、頑張った。子供たちとあなたを愛してるから。もう迷わないって決めたから」

声に出して葵は自分で自分を褒めた。胸の中の塊を完全に消し去るには必要なことのように思えたからだ。

「ああ、君は子供たちにとって最高の母親だ。そして俺にとっては最高の……妻だ」

最後の言葉に力を込めて彼は言う。頬に温かい手があてられた。

「葵、話してくれてありがとう。父のことは俺が必ず解決する。だから結婚してくれ。晴馬と悠馬と、一緒に生きていこう」

「晃介……‼」

広い背中に腕を回して、葵は彼の胸に力いっぱい抱きついた。頬に感じる温もりも自分を包む強い力も、なにもかもが愛おしくてたまらなかった。

「うん。ずっと一緒にいる。晃介と結婚する」

そしてふたりは、互いの存在を確かめ合うように長く長く抱き合った。これ以上ないくらいの幸福感と彼の温もりに葵は目を閉じて身を委ねる。

ゴーと音を立てて外国の航空機が着陸した。強い風が吹き抜けて、葵の髪がなびいた時、晃介のジャケットのポケットが震えた。

携帯に着信があったのだ。取り出して彼は眉を寄せる。携帯を持つ彼の手の位置から葵も画面が確認できた。

大介からだ。

晃介が一瞬考えてから、通話を開始した。

「……はい」

その彼の行動に、葵は反射的に彼から離れようとする。親子の会話を勝手に聞かない方がいいと思ったからだ。けれど晃介は葵を強く抱いたまま離さない。背中の手が葵を安心させるようにトントンと優しく叩いた。

「さっき帰国したばかりです。はい、有意義な滞在でした」

親子としての親しげな挨拶をするでもなく、淡々とスウェーデン研修の報告をしている。

「最終結果はまた正式に提出いたします。……はい、来週からで。了解しました」

最後に、おそらくは電話を切ろうとする大介を止める。

「待ってください、……父さん」

低い声で大介を父さんと呼び、暗に内容がプライベートなものだと告げている。

「……話があるんです。今からそちらに向かいます」

葵の鼓動が飛び跳ねる。

では彼は、『俺が解決する』という言葉を、今から実行するつもりなのだ。

どうやら大介からは了承の返事があったようだ。彼は、おおよその到着時間を告げて電話を切った。

「晃介……」

葵は思わず彼のジャケットを握りしめた。

正直言って不安だった。

なにがあっても彼と自分が離れることはない。それは固く決意している。でもそれ以外のことがどうなってしまうのかまったく予想がつかなかった。

「晃介……美雪さんとの縁談が破談になれば、晃介の立場も危うくなるって、理事長はおっしゃってたの。山里政務官は、晃介には手出しはしないっておっしゃってたけど、最後は私、怒らせてしまって……」

「大丈夫、葵はなにも心配しなくていい」

そう言って、晃介は葵を安心させるように微笑む。そして滑走路に視線を送り日の光を反射させる白いジャンボジェットを睨んだ。

「今度は俺が、葵の信頼に応える番だ。必ず君たちを守り抜く」

空港から直接病院へ向かうという晃介に葵は一緒に行きたいと告げた。その申し出を彼はしばらく考えたのち、了承した。

「気持ちのいいやり取りではないから君には見せたくない気もするけど、父は君に謝罪するべきだ」

葵としては謝罪を求めてはいない。

長年の思いに加えて新たな事実を知った彼が、父親と決着をつけると言うならば、そこへ踏み込むべきではないのかもしれない。

口出しするつもりはないけれど、山里との面談後の大介の様子が、気にかかっている。どうしても晃介を病院にとって有益な相手と縁づかせたいという執念と、時間がないという言葉……。

ふたりが理事長室へついた時、大介は窓際のデスクに座って晴れわたる空を眺めていた。

「父さん」

晃介が呼びかけると、彼は椅子を回してゆっくりとこちらを向く。日の光で逆光になり、表情はよくわからなかった。

大介から葵を守るように立ち、晃介が話しだした。

「すべて聞きました、父さん。あなたとはずっと距離があると思っていましたが、まさかここまでのことをしているとは思わなかった」

晃介の手が拳を作った。

「でもすべて無駄なことです。……俺は決してあなたの望み通りにはならない。葵にひどいことをした父さんを俺は絶対に許さない。今この瞬間に、親子の縁を切って葵と子供たちと生きていきます。今すぐに葵に謝罪してください」

怒りに満ちた息子からの絶縁宣言に、大介が立ち上がり机を回り込んでこちら側へやってくる。机に腰をかけるようにもたれかかり首を傾げた。

「で？　どうするんだ？　俺は息子だろうと、俺に逆らう者には容赦せん。好きな女と一緒になるのは自由だが、白河病院にはいられなくなる。今までのキャリアをすべて失うことになるんだぞ」

予想通りの脅し文句に、晃介は頷いた。

「それでも、俺は葵を選びます」

大介が、忌々し気に眉を寄せて舌打ちをした。

「お前はそれでいいかもしれん。だがお前の患者はどうなるのだ？　スウェーデンから お前が件の技術を持ち帰るのを心待ちにしている。お前がこの病院で執刀できないとなれば、今の日本で長くは生きられない者たちだ」

大介の言葉に、葵は晃介の背中で小さく息を呑んだ。

そうだ。晃介が持ち帰った技術が必要な患者がここで彼を待っている。例えば彼がほかの病院で医師を続けられたとしてもオペができるとは限らない。

技術があってもそれに見合った最新の設備と、チームを形成する人材がいなくては、その技術を生かすことはできないのだ。晃介が持ち帰った医療技術は、莫大な資金力と最先端の設備を維持する白河病院でしか活かせない。

「どうなんだ？　晃介。お前は女のために、患者の命を犠牲にするというのだな？」

医師である晃介の急所を突く質問だ。

医療従事者である葵にとっても、胸が痛くなるような言葉だった。そんな決断ができるはずがない。

彼はいったいどうするのだろう。

晃介は沈黙し、ジッと父親を見つめている。そして、静かに口を開いた。

「確かに、俺が持ち帰った技術で救えるかもしれない命が、この病院にはたくさんいる。一縷の望みをかけて全国から集まった患者たちだ。……俺がここを追われれば彼らは助からない」

「そうだ。その犠牲を払う勇気がお前にはあるのか?」

残酷で冷酷な問いかけに、晃介が呟いた。

「まるで、人質を取ったかのように言うんですね」

そして静かな眼差しを父親に向けた。

「父さんこそ、それができるのですか?」

その問いかけを、葵は少し意外に思う。彼にしか救えない患者がいる中で、彼を病院から追い出す。できるからこそ、大介は彼に脅しをかけているのだろう。やれるから言っているのだ。

そう言って笑うはず。

……でも大介は答えなかった。無表情で息子を見ている。

晃介が口を開いた。

「帰国前日に、ストックホルム病院のセンター長と、俺がチームに加われた理由について話をする機会があったんです。日本中いや世界中の脳外科医がチームに加わりたいと切望する中、どうして俺が選ばれたのか……」

「……お前が日本一の優秀な脳外科医だからだ」

　大介が口を挟む。

　晃介は頷いた。

「もちろん、それもあるとおっしゃった。でももうひとつ決め手となったのは、俺のバックに白河病院の安定した資金力と最新設備を維持し続ける高い志があったからだと、センター長はおっしゃった」

　晃介がゆっくり歩き出した。

「白河病院はここ最近、特に脳外科の分野に惜しみない資金を注力し続けた。最高の医師と最高の設備。これからも常に最先端技術を取り入れて、脳疾患に苦しむ患者に最新の医療を施すことを約束すると、父さん、あなたはセンター長に言ったそうですね」

　父親まで、あと二メートルの距離まできて晃介は足を止める。

　大介は答えなかった。

「……あなたのこの方針には、病院内では反対もあったと聞いています。だがあなたは反対する医師たちを切り捨ててでもこの道を進み続けた。……なぜですか？」

　息子からの問いかけに、やはり大介は答えない。ただ無表情で息子を見つめるのみである。

晃介が彼の机の上のあるものを手に取ってジッと見つめる。

小さな男の子を抱く、女性の写真だった。

「……母さんの症例を治したかったからだ」

その彼の声音が少し震えた。

「……皮肉なものだ。父さん、俺はずっとあなたを恨んでいた。すぐそばにいながら、母さんを助けられなかったあなたを。だから決してあなたのような医師にはならないと心に決めてこの道を進み続けた。……まさかあなたも同じ目的を持って進んでいたとは知らずに」

葵の目から涙が溢れた。

最高の医療を追求するための資金を集めることに奔走した父親と、最高の医療技術を得るために臨床を優先させた息子、どちらかが欠けても今の結果は得られなかった。

「父さん、あなたは母の症例を根治できる技術をどうしても手に入れたかった。そのためにどんなに非道だと言われる手段も取ってきた。そしてようやくそれが実現した今、母さんと同じ症例に苦しむ患者を前にして、彼らを犠牲にすることができるのですか？　そんなこと……できるはずがない」

言い切って、晃介は写真をもとの場所へ置く。

それを視線で追っていた大介から掠れた声が漏れる。

「……だ」

聞き取れず晃介が首を傾げると、突然拳を机に叩きつけた。

「そうだ‼」

晃介に向き直り睨みつける。

「そうだ！　やっとここまでたどり着いた！」

そして一歩進み、晃介の胸ぐらを掴んだ。

「だがお前はなにもわかっておらん！　いいか？　目の前の患者を救うだけでは意味がないのだ！　将来にわたって技術と設備を継承し維持し続け、未来永劫、患者を治療し続けなくてはならんのだ！　それが最新の技術を手に入れた私たちの使命なのだ。……お前が！」

大介が、掴んだ手を激しく揺さぶった。

「甘ちゃんのお前が！　それをするためには、どうしても後ろ盾が必要なのだ‼　そのために俺はたくさんの縁談を持ってきてやったというのに……！　お前は！」

胸ぐらを掴まれ、やや苦し気にしながら晃介が反論する。

「後ろ盾がすべてではないでしょう。うちには、優秀な理事たちがいる。俺も、これからは理事として病院経営に携わっていきます。どうしてそれで納得できないのですか?」

心底不思議だという様子で眉を寄せる。

彼の疑問はもっともだ。

そもそも晃介が病院経営に明るくないのは仕方がない。三十五歳の若さで日本のトップ脳外科医と言われるまでになるためには、臨床経験を優先させることが必要不可欠だったのだから。

病院経営については、これから学べばいい。

でも大介はその質問には答えずに、晃介を睨みつけたままだった。

……顔色は真っ青だ。

その様子に、葵はあることに気がついてハッとする。『時間がない』という大介の言葉を思い出した。

「……もしかして」

葵が呟いた時だった。

大介が息子のシャツを掴んだ手を離し、よろめくように一歩下がる。葵は反射的に床を蹴った。走り出し倒れそうになる大介を支えた。

「理事長！　……やっぱり、具合が悪いんですね？」

そのまま床に座らせて、彼のそばに自分のコートを脱いで広げた。

「横になってください」

大介が頭を抱え「うう」とうめいて素直に従った。

突然の出来事に一瞬動けなくなっていた晃介が、我に返り大介のそばにかがみ込む。

「どこが痛むんですか？　……頭？」

「晃介、今日がはじめてではないと思う。前回私がお会いした時もあまり顔色がよくなかったの。頭痛もするようだった」

葵は彼にそう告げて立ち上がり机上の電話の受話器を取る。素早く救急救命室のボタンを押した。二年のブランクがあっても身体は素早く動いてくれた。

救急救命チームの要請を終え大介を見ると、顔色は土気色だが、まだかろうじて意識はある。その彼に、晃介が症状を尋ねている。

頭痛、目のかすみ、ふらつきと目眩（めまい）……。

半年前からだという大介の言葉に、葵は息を呑んだ。それらすべて脳腫瘍の症状だ。

しかも正式な診察は受けていないという。

「どうして検査しなかったんですか⁉」

晃介が思わずといった様子で責めるような言葉を口にする。

一般の人ならともかくとして、医師である大介ならそれらを放置することが、どれほどリスクの高いことか知っているはずだからだ。ましてや彼はそれで妻を失っているというのに。

「……だ」

大介が掠れる声でなにか言う。

晃介が口もとに耳を寄せた。

「私には……そうする資格が……ない」

呟いて、そのまま意識を失った。

同時に、救急救命チームがストレッチャーをたずさえて、部屋へなだれこんでくる。

床に横たわる大介を見て、一瞬たじろいだように動きを止めた。

「理事長……。白河先生、これは……？」

プロであっても人間だ。予想以上に深刻な事態に動揺している。なんといっても大介はこの病院のトップに立つ人物だ。

一方で晃介はすでに外科医としての顔を取り戻し、彼らに向かって指示を飛ばす。

「ストレッチャーをこちらへ」

その言葉にハッとして、それぞれが動きだした。

葵は邪魔にならないように少し離れる。転倒した時の状況は晃介が説明する。

「患者は六十代男性。半年前から頭痛、目のかすみの症状あり。転倒はたった今、打撲なし、意識レベル三百、呼吸は正常だ。すぐにMRI室へ運ぶ。受け入れ要請を」

「は、はい！」

ストレッチャーを大介の隣に運び、チームが彼を取り囲む。

「せーの！」

意識のない大介がストレッチャーに乗せられた。

「MRI室受け入れ許可下りました！」

「よし、運ぼう。緊急オペの可能性が高い、オペ室とICUへも連絡を」

「はい！」

晃介の指示のもと、息がぴたりと合ったチームが大介を運んでいく。

部屋を出る寸前に晃介が振り返った。

「葵、後を頼む！」

その言葉に頷いて、葵はチームを見送った。

不安で、胸がつぶれそうだった。

倒れた場所が幸いして、大介が白河病院の最高の医療を受けられるのは確実だ。でもだからといってどうなるかはわからない。

脳腫瘍で母を失い同じような症例で父親までもが倒れた晃介の心境を思うと、心配で仕方がない。

失った妻への罪を歪な形で償おうとしていた大介の胸の内を知った今、彼に対する複雑な感情は頭から吹き飛んでいる。晃介のためにも、どうか無事でいてほしい。

バタンと閉まったドアを見つめて、葵は祈るように目を閉じた。

家族へ

　大介はやはり脳腫瘍だった。ＭＲＩで正確な腫瘍の箇所が確認された後、そのままオペ室へ直行し、緊急手術が行われた。晃介が執刀した。

　五時間に及ぶ手術は無事に成功し大介が目を覚ましたのが二日後、そこからさらに一週間後の午前中、仕事を休んだ葵は白河病院を訪れた。

　話ができる状態まで回復した大介と会ってほしいと、晃介から呼び出されたのだ。

　脳神経外科病棟の受付で葵を出迎えたのは、晃介の後輩だという男性医師だった。彼は大介の術後の治療について、彼とともに担当しているのだと言う。葵は知らない顔だから研修医のようだ。

　特別室で大介に付き添っている晃介に代わり彼が病室まで案内してくれることになった。

「詳しい症例は、白河先生から聞いていただくことになりますが、とにかく白河先生が執刀されてよかったです。非常に際どい部分でしたから」

　葵のことを晃介の妻だと説明されているという彼は、廊下を進みながら率直に自分の意見を語った。

「理事長のしかも緊急のオペなんて前代未聞です。病院中の医師が見学室で見守ったんですよ。僕も見学室にいたんですが、ちょっと異様な雰囲気でした。見ているだけの僕でさえ、足が震えたくらいです」

エレベーターに乗り込みながら葵は無言で頷いた。当然だ、患者が現役の理事長で執刀医はその息子だなんて出来事は、白河病院始まって以来のことだろう。

「患者と執刀医の関係を考えると、本来なら別の医師が執刀するべきケースです。でも手術の難易度がかなり高度でしたから代われる医師がいなかった。……あの空気の中、白河先生はコンマ数ミリの狂いもなく正確にオペを進められました。誰にもできないことを成し遂げられたと僕は思います。見事でした。オペが終了した時、見学室では拍手が起こったくらいなんですよ」

どこか誇らしげに彼は言う。

大介の病状について晃介は葵に詳しくは語らなかった。手術が成功したことと意識を取り戻したこと、歩行に後遺症が残るかもしれないと聞いただけである。

それは葵への気遣いだ。大介と葵の間に存在するわだかまりは、まだ中途半端なまま残っている。今日呼ばれたのは、あの時の話の続きをするためなのだろう。

「僕、白河先生を尊敬しているんです。先生の手術をたくさん見たくて白河病院で働くことにしたんですよ」

男性医師が少し興奮して言いながら、グレーの扉の前で立ち止まった。特別室に着いたのだ。

「先生は中でお待ちです。それでは僕はこれで」

そう言って彼は廊下を戻っていく。

その後ろ姿に頭を下げてから、葵は特別室のドアを開けた。

「失礼します」

窓から差し込む柔らかな日の光の中、大介は中央のベッドにいた。そばに立ち医療用タブレットになにかを打ち込んでいた晃介が振り返った。

「ああ、葵。迎えに行けなくて悪かった」

「ううん、大丈夫」

答えながら葵はベッドに歩みより、晃介に促されてベッドの脇の椅子に座る。

大介が仏頂面で呟いた。

「君か」

目を覚ましてからまだ四日くらいのはずなのに、大介は身体を起こして座っている。

顔色もよく、言葉もはっきりとしていることに葵はホッと息を吐いた。

「理事長、よかったです……」

言語や記憶力などにはあまり後遺症は残らないだろうとは聞いていたが、それでも手術した場所が場所だけに、心配だったのだ。

ベッドの向こうで、晃介が微笑んだ。

一方で大介の方は、葵の言葉に顔をしかめた。

「君は……。お人好しにもほどがあるんじゃないか？　私には散々嫌な思いをさせられただろうに」

小言のような憎まれ口のような言葉を口にする。

葵は首を横に振った。

「私は看護師です。どんな患者さんだろうが回復されて嬉しくないなんてことはありません」

大介の目を見てきっぱりと言い切ると、彼は瞬きを一、二回。

「まぁ、そうか……」と呟いて咳払いをした。

晃介がベッドを回り込み葵の隣にやってくる。膝の上の葵の手を取って父親に向かって口を開いた。

「父さん、先日の話の続きをさせてください」

大介が無言で頷いた。

やはりそのために呼ばれたのだ。少し日が経ちお互いの思いを知った分、今日は落ち着いて話をすることができそうだった。

「俺は葵と結婚します。山里美雪さんとの縁談は昨日直接、政務官にお断りしました」

「直接……。お会いしたのか？」

大介が驚いて聞き返した。

「はい、ご自宅にお伺いして。その場に美雪さんもいらっしゃいました」

晃介が繋いだ手をギュッと握って葵を見た。

「ありもしないことを吹き込んで君を傷つけたことは許せない。本当なら、親子揃って君に頭を下げてもらいたいくらいだが、見合いの件を曖昧にしたこちら側にも非はある。もう二度と君に危害を加えさせないと俺が約束する。だから許してほしい」

大介のオペが終わってから、葵は彼らに言われたことを晃介に伝えた。縁談を断るにあたって大介と向こう側との間でどういう話になっていたのかを把握したいと言われたからだ。

その後どうしたのかは聞いていなかったけれど、直接断りに行ったとは驚きだった。

「謝ってほしいとは思っていないから、私は大丈夫」

葵が言うと、今度は大介が口を開いた。

「だがあの御仁を怒らせるとやっかいだぞ。娘の美雪さんは相当お前に固執しておった。簡単に諦めるとは思えんが……」

「諦めていただきました」

晃介がいつも穏やかな彼らしくないやや強い口調で、父親の言葉を遮った。

「そもそも、葵と子供たちとの件について俺の意思も確認せずに合意書などというものを作っていただけでも許せないんだ。金輪際、葵に関わらないことと、病院へは手出ししないということを山里政務官にはお約束いただきました」

言葉に怒りを滲ませて、晃介が言う。

静かな口調がなんだか逆に怖かった。大介に『やっかいだ』と言わしめる相手をどうやって黙らせたのか……。

大介が「そうか……」と言って口を閉じ、それ以上追及しなかった。

晃介が気持ちを切り替えるように息を吐き話題を変える。

「オペの翌日に、臨時で理事会を招集しました」

大介が目を細めて、続きを促した。

「病院の将来について話し合ったんです。ほかの理事たちも目指すものは皆同じです。方法は少し変わるかもしれません。ですが後ろ盾などなくとも、これからも白河病院は疾患に苦しむ患者に最先端の医療を提供し続けることをお約束します」

力強く彼は言い切る。

長い長い沈黙の後、大介がため息をついて目を閉じた。

「……やってみろ。どのみち俺は理事長職は続けられん」

突然大介の口から出た理事長を退くという言葉に、葵は晃介を見る。だが彼は特に驚く様子はない。どうやら理事長職を退くしかないことは、親子の間で共通の認識だったようだ。

大介が晃介に釘を刺す。

「だが失敗しましたでは済まんからな。絶対に今の言葉を忘れるな」

「はい、肝に銘じます」

「お前は、向こう十年は臨床から離れるな。スウェーデンの件が学会に発表されれば、全国から患者が集まってくる。寝る暇もないぞ、覚悟しろ。後進の育成にも力を入れろ。第二、第三のお前を作るんだ。いまひとつ頼りない理事会は……高梨を呼び戻せ。私になにかあったら頼むと言ってある。彼ならばうまく率いていくだろう」

理事長を退くとは言ったものの病院の今後については気になるのだろう。次々と晃介に指示を出す。どれも病院と今後の医療を思っての言葉だった。

「それから……」

そこで大介は言葉を切って葵を見る。そして言いにくそうに次の言葉を口にする。

「君についてだが……。私はいつも自分が正しいと思うことをやってきた。それについて批判は覚悟の上だ。君を傷つけたのは間違いないとは思うが、あの時はそれが最善の方法だったのだ。だが理事長職を退き、病院を晃介に任せると決めた今、もはや晃介の結婚について口出しするつもりはない」

かなり回りくどい言い方だし謝罪もないが、つまりは葵との結婚を認めたということだろう。

「ありがとうございます」

葵は即座に答えてホッと息を吐いた。

一方で晃介は渋い表情になった。

もっとしっかりと葵に謝るべきだということだろう。

「父さん、その言い方は……」と言いかける。

その晃介の袖を引いて葵は彼を止めた。

「晃介、もういいよ」

「だけど……」

「もういいの。理事長の患者さんを思う気持ちは、よくわかったもの。私も医療従事者のひとりとして尊敬する。理事長のような方と晃介やたくさんの先生たちがこの国の医療を支えているのよね。もちろん私たち看護師も。なんだか、すごく感動しちゃった」

葵は心からそう言った。

「だからもう、過去のことにはこだわらない」

ほかでもない、晃介からおそわった気持ちだった。限りある時間を、人を憎むのではなく愛することに使いたい。結婚を受け入れてもらえたなら、それでいい。

でもそこでどうしてもひとつだけお願いしたいことが頭に浮かんで、葵は口を閉じて考える。そしてためらいながら、大介に向かって口を開いた。

「でもその……。ひとつだけお願いしたいことがあるんです」

大介が眉を上げた。

「子供たちに会っていただけませんでしょうか」

身内が少ない葵の子供たちを思っての願いだった。父がいないことで葵は寂しい思いも苦労もした。できることなら子供たちには、たくさんの愛情に包まれて育ってほしかった。

大介が驚いたように目を開いて「君は……」と呟いた。

「信じられんくらいお人好しだ」

葵は首を傾げた。

「そうでしょうか。でも私と理事長の間に起こったことは、子供たちには関係ありません。ふたりは紛れもなく理事長の血の繋がった孫なんです。ふたりとも晃介さんにそっくりなんですよ。だからできたら……一度だけでも」

晃介が葵に優しい視線を送ってから、父親を見た。

「俺からもお願いするよ、父さん。これからはふたりを見守ってやってほしい」

大介が少しわざとらしく咳払い（せきばら）をして、ふたりから目を逸らす。その目が赤いような気がするのは、葵の思い違いではないはずだ。

「まぁそうだな……。うん、わかった」

窓の外を見つめたまま、大介が小さな声で了承する。

思わず笑みを浮かべた葵の手を晃介がギュッと握った。

「おーちだ！」

「おーちだ！」

夏の日差しが差し込む部屋に、晴馬と悠馬の元気な声が響いている。大介がひとりで住む白河家のリビングである。

ソファに座る大介に、双子がくっついて小さな手を差し出している。

さっきから「おーちだ！」と繰り返していた。

「どっちだ！」と言っているつもりなのだ。拳を作った手の中のどちらにおもちゃが入っているかあてる遊びである。

本当ならおもちゃを手に入れる時に隠さなくては意味がない遊びだけれど、幼いふたりにはまだそこまではできない。ただ手に入れて差し出すだけである。

それでも大介は、うーんと迷ったふりをしたり、わざと間違えたりしながら、何度も何度もふたりの遊びに付き合ってやっていた。

「おー！　そっちだったか、こりゃしまった」

からっぽの手を広げ得意そうにニカッと笑う悠馬に、大介が大げさに悔しがって見せる。双子が大喜びできゃっきゃと声をあげた。

土曜日のこの日、葵は子供たちを連れて大介の家を訪れた。大介が退院してからの数カ月の間にできた家族の新しい習慣である。

母と休みが合う週は母に会い、それ以外の休みに時々こうやって、大介に会いにやってくる。

子供たちは、両親と祖母と祖父の愛情に包まれ、見守られて、先日二歳の誕生日を迎えた。

手術は成功したものの後遺症で歩行に少し不自由が残っている大介は、普段は自宅で二十四時間の在宅看護を受けている。長年お世話になっている家政婦さんもいるからひとり暮らしには問題ない。食事もすべて用意してくれるけれど、葵が来る日は、葵が準備した昼食をみんなで食べることにしていた。

なにかの折に作った葵の味噌煮込みうどんを、大介が気に入ったからである。

以来、お昼はなににするかと尋ねると必ず味噌煮込みうどんという返事が返ってくる。晃介と大介は、普通の親子の関係ではなかったという話だけれど、それにしてはまったく同じメニューを好きなのがおかしかった。

今日も外はうだるような暑さだが、返事は変わらなかった。

「おーちだ！」

相変わらずソファでは双子と祖父の微笑ましいやり取りが続いている。

「あれれ？　どっちだったかなぁ？」

わざととぼけて見せる大介に、テーブルの上に味噌煮込みうどんを置きながら葵は笑みを浮かべる。

大介が気まずそうに咳払いをした。

葵と大介が和解した日に、葵が願った子供たちと大介との交流は、こうして恒例のものとなった。

まさか大介がここまで孫にメロメロになるとは思わなかったが、仲良く笑い合っている三人の姿を見ると、自分の選択は間違っていなかったと思い嬉しかった。

「おーちだ！」

悠馬がもう何度目かわからないくらいの『おーちだ』を口にして、小さな拳を差し出した時。

「お、どっちだか」

楽しげな声が聞こえて、葵は入口に視線を移す。晃介だった。

いつもは葵と一緒にここを訪れるのだが、今日は午前中仕事があって出勤していた。

勤務が終わったから直接こちらに帰ってきたのだ。

「おかえりなさい」

声をかける葵に、にっこりと笑いかけてからリビングの三人に歩み寄る。

「パッパ！」と言って嬉しそうにする晴馬と悠馬の頭をなでた。

「じじにリハビリをしてくれてたんだな、えらいぞ。こういう遊びは今のじじには最適だ。短期記憶を司る海馬が刺激される」

大介が嫌そうに顔をしかめた。

「年寄りあつかいするな」

「年寄りあつかいじゃなくて患者あつかいしてるんだよ。主治医としてはちゃんと脳が正常に機能してるか確認しないと」

どこか愉快そうにそう言って、悠馬からおもちゃを借りる。大介にわかるように左手に入れて拳を作った。

「どっちだ」

大介がムッとした表情のまま、晃介の左手をバシン！と勢いよく叩いた。

「いて！」

晃介が顔を歪めて、手を振った。

「……力も入るみたいだし、まったく問題ない」

「あたりまえだ」

仲がいいのか悪いのか、まったくわからないやり取りに、葵は思わず噴き出してしまう。

孫をこれだけ可愛がるのだ。息子のことだって可愛くないわけはないだろうが、そこはもういい大人だから、仲良しこよしというわけにはいかないようだ。

「こんな偏屈な患者ははじめてだ」

晃介が頭をかきながら、葵の方へやってくる。

「お、味噌煮込みうどん。手伝うよ」

そう言って笑顔になった。さっき、今から帰るというメッセージを受け取っていたから晃介の分も用意してある。

双子と大介には柔らかく茹でて少し冷ましたものを。晃介には大盛りを。葵の分も並べ終えて、リビングの三人に声をかけた。

「お昼ができました」

ゆっくりとこちらへやってきて、大介がダイニングテーブルに腰を下ろす。テーブルの上の新聞に目をやり呟いた。

「政務官は議員辞職だな」

今世間は、山里の女性問題でもちきりだった。

愛人が複数人いることが判明して、そのうちの何人かには子供までいるという話だから驚きだ。一週間前に週刊誌がスクープしたのを皮切りに、次々と疑惑が浮上してまだまだ収まりそうにない。しかもそれだけではなく、政務活動費を愛人との旅行に流用していたという疑惑まであるのだから、厚生労働大臣政務官という役職を辞任するくらいでは済まなさそうだ。

「政治家なんだから、愛人くらいは珍しい話ではないが、まさかここまでとは……」

とそこまで言いかけてなにかに気がついたように双子の間に座る晃介を見た。

「晃介、お前知ってたんだな」

晃介が平然として答えた。

「まあね」

手を合わせてうどんを食べはじめる。驚いて晃介を見る葵に向かって肩をすくめた。

「父さんほどじゃないけど、俺にだって人脈はある。だけど、俺がリークしたわけじゃないよ。あの時はただ知っているということをお伝えしただけだ。葵にしたことを考えると、ほかで恨みを買っていても全然おかしくないから、誰かに足元を掬われたんだろう。……自業自得ってやつだな。今更彼らがどうなろうと興味はないけど」

そう言って新聞の紙面に載っている山里の写真を睨む。『興味はない』と言いながら、その視線は以前と同じ怒りの色に満ちていた。

「食えんやつだ」

フッと笑って、大介がうどんを食べはじめた。

晃介が話題を変える。

「それよりも父さん。リハビリも順調だし、できたらそろそろ父さんにも現場復帰してもらいたいって高梨理事長がおっしゃってたけど。アドバイザー的な位置づけでもいいからって」

うどんを啜りながら晃介が大介に言う。

彼自身はスウェーデンから持ち帰った技術でひとりでも多くの患者を助けるべくオペに明け暮れる日々だ。ほかの病院からの研修依頼もあるから、理事の仕事を中心に、というわけにはいかない。

白河病院は高梨新理事長のもと新しいスタートを切っている。

高梨の患者や病院職員を思う人柄は葵もよく知っている。きっとうまくいくと思ってはいるが、やはり大変なこともあるのだろう。ちょくちょくここへやってきては、大介にアドバイスを求めているようだ。

「またそんなことを言っておるのかあいつは」

大介が渋い表情になった。

「せっかく新しい体制になったのに、古い人間を戻しては意味がないだろう。話を聞く限りはうまくいってるはずなのに。……どうも人がよすぎるんだな、あいつは。話ならいくらでも聞いてやるから、甘えるなと言っておけ！」

「だけど、家にいるだけより、なにかしてる方がいいと思いますが」

主治医としての言葉だった。今まで忙しくしていた人なのだ、いくら病を得たからといってずっと家にいるだけではよくないと思ったのだろう。口には出さないけれど認知症のリスクが高まると思っているのだ。

「家にいるだけ、とはなんだ。だけ、とは。リハビリもあるし、俺は忙しいんだ」

大介が不満気に言う。

少し言葉足らずな大介の説明に、葵はくすりと笑って補足を入れる。

「お義父さん本当に忙しいのよ、晃介。晴馬と悠馬のアルバムの整理をお願いすることになったでしょう？」

晴馬と悠馬がこの家に来るたびに写真を撮っている大介は、それを几帳面に編集してアルバムにしている。ほとんどプロの仕上がりだ。

さすが優秀な人はなにをやっても完璧なのだ、と葵は感心するばかりだが、一方で今までのアルバムを見たいと言われて、気まずい思いにもなっていた。シングルマザーとしての双子育児は壮絶で写真はたくさん撮っていても形にしていなかったからだ。

正直にわけを話すと、『じゃあデータを出しなさい。私がやろう』と言われたのだ。

「それから今度、お庭のリフォームもするんだって。子供たちが遊べるように少し手を入れてくださるみたいで……」

「庭を？」

晃介が瞬きをして父を見る。

大介が照れたように咳払いをした。

「次の手入れが来月だから、ついでにな」

今の白河家の庭も立派だけど、純日本庭園だから、子供たちはあまり楽しめない。ついでだと大介は言うが、さっき見せてもらったいくつかの案は、結構大掛かりなものだった。

これから本格的な打ち合わせも始まるから、リハビリ、通院などを考えたら、忙しいというのは本当だ。

「……俺はふたつのことをいっぺんにはやれんタチだ」

呟いて、またうどんを啜る大介を、晃介は感慨深げな眼差しで見つめてから、素直に頷いた。

「……わかりました。高梨理事長にはそう伝えておきます」

「ああ、話ならいつでも聞くし、根回しが必要そうな案件は人を紹介することはできるから、いつでも来いと言っておけ」

「はい」

家庭を顧みず、仕事だけに邁進した不器用な父親を、恨む気持ちはもうないようだ。

後から聞いた話によると、ちょうど晃介が今の双子くらいだった頃、白河病院では隣県に新設された大学病院に多数の医師が引き抜かれるという出来事があったという。その危機から病院を立て直し日本一と言われるまでにするには並々ならぬ苦労があったのだ。

息子の分を取り戻すように孫を可愛がる父親を好きにさせようと思ったのだろう。

すると今度は大介が、晃介に言いたいことがあるようで、箸を止めて口を開いた。

「それよりお前、結婚式はどうなってるんだ？　準備は進んどるんだろうな？　オペ続きだからといって、家庭を疎かにしてはいかんぞ」

「……年明けに決定しました」

晃介は答えるが、どこか釈然としない表情だった。もちろん結婚式についてなにか不満があるわけではない。

仕事にかまけて家庭を疎かにしてはいけないという意味の言葉を言われたことに対してだろう。

ついさっき、ほかでもない自分の口から、ひとつのことしかできんと言ったくせに……と思っているに違いなかった。

晃介からの返答に、大介が不満そうにした。

「年明けか……。どうしてそんなに先なんだ」

「今から予約を取るとだいたいそのくらい先になります」

晃介が説明するが、いまひとつ腑に落ちていないようだった。

その大介の反応を、葵はありがたく思った。

少し踏み込み過ぎのようにも思えるこの大介のこだわりは、実は葵の母を気遣ってのものなのだ。

葵と晃介が別れた原因は自分の反対だったということを、大介は母に詫びてくれ、その場でケジメとしてちゃんとした結婚式を挙げさせると約束してくれたのだ。

もちろんその前から晃介の提案でふたりの間では結婚式の話が進んでいて、晃介のスケジュールと葵が気に入った会場の予約状況で日にちを決めたのだが。なるべく早くという気持ちでいるのだろう。

「年内にならないのか？」と晃介に尋ねている。

「無理だよ、うちの患者のオペだけで年内はいっぱいだ。葵だって働いてるんだから準備を任せきりにするわけにはいかないし」

答える晃介に、葵は助け船を出すことにした。

「お義父さん、年明けに予約が取れた会場は、子連れ挙式のプランが充実してるんです。せっかくだったら子供たちも楽しめる式にしたいなと思ってて。リングボーイをしてもらったり、そのほかにもいろいろ」

大介が葵の方を見た。

「リングボーイ？」

「式の指輪交換の時に、リングを神父さんに渡す役目です。ふたりにやってもらいたいなぁって。年明けなら二歳半になってるからしっかりできるかな？なんて考えて……」

「そうか……なるほど」

大介が頷いて、晴馬と悠馬に向かってにっこりと笑いかけた。

「じゃあ、じじと一緒に練習しような」

あっさりと納得した父親に、晃介はやれやれというように肩を竦める。そして葵に助かったというように目配せをした。

最近の大介はとにかくこんな調子だった。

頑固なところは相変わらず、でも子供たちを引き合いに出せば、たいていのことは納得してくれる。だからといってべつに子供たちを利用しているわけではなくて、葵や晃介のやることはそもそもが子供たち中心に考えてのことだから、うまくいくのだ。

「じゃあ、思い切りいい服を着せないとな?」

大介が葵に向かって確認する。

葵はふふふと笑って頷いた。

「はい。小さい子でも着られるタキシードがあるので、それにしようかと思っていて」

「タキシードか‼ うむ、ふたりとも似合うだろうな。じゃ、俺が買ってやろう。次の休みにでもデパートへ行って」

張り切る大介に、葵は申し訳ない気持ちで、首を横に振った。

「ありがたいお話ですけど、今はまだやめといた方がいいと思います。子供はすぐに大きくなりますから、今買うとサイズがちょっと……」

「なるほど、確かにそうだな」

大介が素直に納得する。でも双子が参加すると聞いて、また待ちきれなくなってしまったようだ。

「準備も大事だが、もうちょっと早くならんのか……」

再びぶつぶつと言っている。晃介と葵は聞こえないフリをしてうどんを啜った。

言うべきことはすべて言った。もはや打つ手はない。

……でもそこで。

「おい、晃介。早くせんと三人目ができてしまうぞ！」

なんて言うものだから、ふたり一緒にごふっとむせてしまったのだった。

タオルドライしただけの髪のままで、パジャマ姿の葵が洗面所から出てくると、リビングのソファでくつろいでいた晃介が振り返った。

「シャワー終わった？」

「うん」

答えると、彼は立ち上がりある部屋のドアを開ける。双子が寝ている主寝室とは別の個室である。晃介が深夜帰宅になる際に、使っている寝室だ。

普段は大きなベッドをふたつ入れた主寝室で家族四人で寝ている。でも彼の帰宅が極端に遅くなる時は、そちらを使ってもらっているのだ。

もちろん彼の方は、深夜帰宅だろうがなんだろうがみんなで一緒に寝たがる。以前はそうしていたのだが、彼が帰ってきた気配で目を覚ましてしまったふたりが、パパの姿に大興奮して寝られなくなるということが何度かあった。

だから葵からお願いして、そうしてもらっているのである。

個室に葵が足を踏み入れると、晃介はドアを閉めベッドに背を預けて床に座る。あらかじめ用意してあったドライヤーを手に腕を広げた。

「おいで、葵」

休日前の夜のふたりの習慣だった。

一週間、息つく暇もないほどに働いた晃介に、髪を乾かしてもらうなんて本当なら申し訳ないといったところだろう。

でもほかでもない本人がそれを望むのだ。

「ほら、早く。俺にリラックスさせてくれ」

ほかの人が聞いたなら、まったく意味不明な言葉を口にして、晃介が手招きする。

葵が彼の腕の中に収まると、ドライヤーの風と晃介の指が優しく髪を梳かしはじめた。

彼は疲れていればいるほど、葵の髪に触れたがる。葵の髪を乾かして葵の香りを感じると疲れが取れるのだという。

付き合っている時もその傾向にはあったけれど、結婚してからさらにひどくなったと葵は思っていた。

とはいえ、髪を乾かしてもらうのは、葵にとっても極上のリラックスタイムだった。大きな手に、優しく髪を梳かされるとこれ以上ないくらいに心地いい。

しかも彼にプレゼントしてもらった高級ドライヤーの風のおかげで、仕上がりも上々だ。

「んーいい匂い」

すっかり髪が乾いた後、ドライヤーをそばに置いた晃介に、そのまま後ろから抱きしめられる。葵は彼にもたれかかり目を閉じた。

子供たちが寝た後にこうやってふたりでいる時間も、葵にとってはなによりの癒やしだった。どんなに昼間慌ただしくして、例えば子供たちを叱ってしまったことに落ち込んだとしても、この腕に抱きしめられるだけで、また頑張ろうという気になる。

晃介が葵の髪に顔を埋めて呟いた。

「髪がふわふわだ。ドライヤーのおかげだな」

　葵は笑みを浮かべた。

「うん、やっぱり全然違う。半年使って実感した。前よりまとまるもの。結婚式に備えて伸ばそうかと思ってるんだけど、これなら大丈夫そう」

　普段は手入れが楽で縛ることもできるセミロングで維持している。けれど、せっかくウエディングドレスを着るのだから、ドレスに合う髪型にしたかった。

　晃介が、ガバッと顔を上げた。

「伸ばすのか⁉」

「う、うん、ドレスに合う髪型にしたくて……長いのは変かな？」

　少し驚いて聞き返すと、彼は首を横に振って優しい言葉をくれる。

「いや、似合うと思うよ。葵の髪、綺麗だし」

　でもそこで。

「……乾かす部分が多くなって一石二鳥だな」

　なんてことを呟いたものだから、葵はぷっと噴き出した。

「もう！　そっちの方がメインなんでしょ」

「いや……もちろん結婚式での葵の髪型も楽しみだよ」

にっこり笑って言い訳をする彼の身体に身を預けて、葵はくすくす笑い続けた。

一緒に働いていた頃、完璧すぎる容姿と医師としては最高のキャリアを持つ彼は、病院では男女問わず一目置かれていた。

それなのに、まさかこんなに変わったこだわりがあるなんて！

誰も想像できないに違いない。

「でも、結婚式が終わったら切るんだからね？」

このままじゃ結婚式後に髪を切る時に一悶着あるかもしれないと思い葵は笑いながら釘を刺す。そこで昼間の出来事を思い出し「そういえば」と呟いた。

「お義父さん、結婚式の時期について納得してくださってよかったね」

昼食中に、結婚式の日程について、大介がごちゃごちゃと言っていたことについてである。

うどんを食べ終えた大介は、双子とリングボーイの練習をしはじめた。

『じじが神父さんだ。晴馬、悠馬そっちからゆっくりと歩いてきなさい』

などと言って。

でもやっぱりふたりはまだ早かったようで、ゆっくりどころか猛ダッシュで突進したものだから、晃介が慌てて止めたのだ。

その後も何度か大介は双子におしえようと試みたが、結局最後は追いかけっこのようになっていた。

そしてようやく大介も、まだ子供たちには無理だから年明けくらいがちょうどよいと、納得したのだ。

晃介がやれやれというようにため息をついた。

「今までほとんど関わってこなかったから、自分の親だけどどんな人かあまり知らなかったんだけど、あんなに口うるさい人だとは思わなかったよ。……葵、大丈夫？嫌なら無理に会いに行く必要はないんだぞ。子供たちとの交流は、俺がなんとかするから」

晃介が心配そうに言う。

過去のこともあるからか、彼はいつも葵と大介のやり取りについては神経を尖らせている。少しでも気にかかることがあれば、すぐに言ってほしいと常に言われている。

その気遣いをありがたいと思いつつ、葵は首を横に振った。

「私は大丈夫よ。確かに晃介に対しては……口うるさいなって思うこともあるけど。私には案外優しくしてくださるでしょう？」

やせ我慢でもなく葵は言った。

本当のところ交流を始めた頃は、大介との関係がどうなるのかわからなくて不安だった。過去は水に流して未来だけを見ていこうと思ってはいたものの、肝心の大介がどう思っているのかわからなかったからだ。

でも蓋を開けてみれば、その心配は杞憂だったとすぐにわかった。

理事長職から退いて病院経営に口出ししないと決めた以上、晃介の結婚相手にも口出しする必要がなくなった大介は、むしろ葵へは特に気を遣っているように思う。

葵のすることを否定したり、小言を言ったりすることはない。実家への訪問も本当は毎日でも子供たちに会いたいだろうことは見え見えだけれど、こちらから行くと言うまで催促したりすることもなかった。

「晃介の結婚相手にこだわっていたのは、本当に病院のことを思ってのことだったのね。私個人が嫌われていたわけではなさそうで、ホッとしてる」

葵の言葉に、晃介は一応納得したように頷いた。

「ならいいけど」

でもすぐになにかを思い出したように顔をしかめた。

「だけど今日のあれはよくなかったんじゃないか？　ほら……三人目とかっていう」

「三人目……？　ああ、あれね」

早く式を挙げないと三人目ができるという発言だ。受け手によっては、セクハラや孫催促と取られかねないだろう。

なにごともなく妊娠し出産できるということが、決してあたりまえではなく奇跡なのだということを知っている医師である晃介にとっても引っかかる言葉だったようで、その場で注意してくれた。

「もう言わないようにまた今度きちんと言っておくよ」

葵への優しさに満ちたその言葉が嬉しかった。

「ありがとう、晃介」

そして少し考えてから口を開いた。

「でもそこまでしてくれなくて大丈夫。私は気にならないもの。お義父さんいつもは気を遣ってくださってるでしょう？　今日はつい口に出ただけだと思う。……実は、今日の午前中……子供たちの写真のデータを渡した時のことなんだけど」

話の方向が変わったからか、晃介が首を傾げた。

「アルバムにまとめてもらうためのもの。お義父さんさっそく、生まれたばかりの時の分を見ていらしたんだけど……。見終えた後、私に謝ってくださったの」

「……謝った？」

「そう。君は小柄だから双子の出産は負担だっただろう。入院したのか、産後は順調だったのかって尋ねられて……」

そのあたりにまで考えがいたるのは、さすが元医師だ。そしてひと通りのことを聞き終えた後、大介は突然頭を下げたのだ。

「大変な時期をひとりで乗り越えさせたこと申し訳なかったって。……心細かっただろうって」

葵はびっくりしてしまって、頭を上げてくださいとしか言えなかった。

「それから後、しばらく新生児の時のふたりの写真を見ていらしたんだけど、『抱きたかったな』と呟いていらっしゃったから、次に生まれてくる子こそはって思ったんじゃないかな?」

話しながらじわりと浮かんだ目尻の涙を拭いて葵は言う。

晃介が葵を抱く腕に力を込めた。

「葵」

そして、葵の肩に顔を埋めた。

「晃介?」

少し意外な彼の反応に葵が首を傾げると、晃介がくぐもった声を出した。

「つくづく、父さんは間違ってたと思うよ」

彼の口から出た父親を責めるような言葉に、葵は慌てて声をあげる。

「晃介、私、そんなつもりじゃ……！」

「いや、そうじゃなくて。……父さんは葵に、俺には葵は相応しくないって言ったんだろう？」

「……うん」

三年前の話だ。

「逆だよ」

晃介が顔を上げた。

「葵は俺にはもったいないくらいの女性だよ。……可愛らしくて、強くて優しい清らかな心を持っている」

「え!? そ、それは、い、言いすぎだと思う……」

唐突に褒められて、葵はびっくりしてしまう。そう言ってもらえるのは嬉しいけれど、葵が彼にもったいないなんてこと、いくらなんでもありえない。

晃介が額と額をくっつけて目を閉じた。

「言いすぎなんかじゃないよ。俺は葵に出会っていなければ、こんなに幸せにはなれなかった。両親のことも一生克服できなかった。……俺には葵が絶対に必要だ」

そう言って目を開き至近距離から葵を見つめた。

「葵の心が俺から離れていたとしても、葵が振り向いてくれるまで絶対に諦めないつもりだった。たとえ一生かかっても」

その言葉に葵の脳裏にあの夜の出来事が鮮やかに蘇る。晃介が『一生かけて、葵の心を取り戻す』と言ってくれた日のことだ。

一生かけて。

彼はそう言ってくれたけれど、本当のところあの瞬間にこうなることが決まっていたように思う。再会してからの葵は、晃介のペースにやられっぱなしだった。

葵は笑みを浮かべた。

「一生かけてって言ってくれたよね。私、あれで気持ちを止められなくなっちゃったんだよ」

なにが起こるかわからない未来に怯えていたのに、彼を愛する思いだけが勝手に走りだしてしまったのだ。

「その後も晃介は私と子供たちを愛情で包んでくれた。私にとっても晃介がどうしても必要なんだって、そう思わせてくれたから、困難を乗り越えようって気持ちになれたの。……晃介、頑張ってくれてありがとう」

彼の胸に顔を埋めて、頬ずりをすると胸が温かくて幸せな思いに満たされていく。

「葵……」

名を呼ばれて顔を上げると、ゆっくりと近づく彼の視線。広い背中に腕を回して、葵は目を閉じてそれを待つ。

「ん……」

そっと離れて、もう一度。

でもすぐに、短いキスでは物足りなくなってしまう。

「ん……、あ」

パジャマの上から彼の手が這い回りはじめるのを心地よく感じながら、葵は念のための確認をする。

「こ、晃介……。明日は、子供たちの水着を買いに行かなくちゃいけないんだからね」

夏休みの旅行に必要な買い出しである。ふたりの休みが合う明日、どうしても行かなくてはいけないのだ。

暗に次の日に響かないようにとお願いしているわけだけれど、残念ながら彼はまったく気にする様子がない。

「べつに朝早く行くわけじゃないだろう。寝坊したって大丈夫だよ」

そんなことを言いながら、葵の耳に頬にキスを落としていく。手はパジャマのボタンをほとんど外してしまっている。

「ん……でも、子供たちは早起きなのに」

「大丈夫だっていつも言ってるじゃないか。ほら、もう諦めて。俺に葵をひとりじめさせてくれ」

そう言って彼は葵を抱き上げてベッドの上に寝かせてしまう。あっという間に彼の腕と身体に囲まれた。

すでに父親の顔ではなくなった晃介が、葵を見下ろしていた。

その視線に、葵はなんだか不穏なものを感じてしまう。そういえばここ最近、彼の仕事が忙しくて夫婦としての触れ合いをあまりできていなかった。

それは仕方がないことだし、お互いに不満があるわけではないけれど、葵の経験上こういう夜の彼は……。

「て……手加減してね？」

自分を囲む腕のシャツを掴んで、思わず葵は直接的な言葉でお願いをする。

それなのに、彼はにっこりと笑うばかりだった。

「こ、晃介、あの……！」

さらになにか言わなくてはと、口を開きかけた葵の唇は……。

「んっ」

熱く彼に塞がれた。

一時は諦めた幸せなふたりの家庭。その片隅で紡がれる夫婦の愛。

葵にとっては、少し濃厚すぎて長すぎるふたりの夜が、今始まった。

エピローグ　幸せな朝

遠くで子供たちがきゃっきゃと騒いでいる声を聞いて葵は寝返りを打つ。少し冷たいシーツの感触が心地よかった。子供たちが起きたのなら、もう起きなくてはと思うけれど、眠くてまだ目が開かなかった。

やっぱり昨夜の晃介は、あまり手加減をしてくれなかった。

正確な時間は覚えていないが、葵はこのベッドで長い間、彼に愛された。

幸せな時間だったことは確かだけれど、もう一度シャワーを浴びてこの部屋で晃介に髪を乾かしてもらいながら、子供たちのところへ行かなくてはと思ったのを最後に記憶が途切れてしまっている。

やっぱり子供たちの部屋までは行けずにここで寝てしまったのだ。

それにしても。

子供たちの声に、晃介の声が混じっていることには、感心してしまう。彼だって葵と同じかその後に寝たはずなのに、どうしてスッキリ起きられるのだろう。

葵の方はまだこんなに眠たいのに……。

そんなことを思いながら枕に頬ずりをしていると、そっとドアが開く気配がする。

「まんま?」

悠馬が母の様子を見に来たのだ。晃介から葵はここにいると聞いたのだろう。

「ママは疲れているからもう少し寝かせてあげよう。ほらホットケーキが焼けるよ」

後ろから晃介が優しく言って、悠馬をキッチンに連れていった。少し開いたドアの隙間から、ホットケーキの焼けるいい匂いが漂ってくる。

最近の白河家ではパパが作る時の朝ごはんは、たいていホットケーキなのだ。

子供たちは家で焼くホットケーキが大好きで、ふたりとも驚くほどよく食べる。

でも葵は、あまり作るのが得意ではなかった。

火加減がうまくできなくて焦げてしまうのだ。さらにいうと後片付けも、ふたりが粉を混ぜたがるのも面倒で、食べるだけならともかくとして、自分ではめったに作らない。

一方で仕事が忙しくてふたりとの時間が少ない晃介は、少しでもふたりが喜ぶならと面倒くさがらずにやってやる。しかももともと器用だからか、驚くほどふんわりと焼きあがるのだ。

それを知っている子供たちは、パパが朝食を作る時は『ケーキ、ケーキ』とせがむのだ。

「ほら焼けた！」

楽しそうな晃介の声に、きゃっきゃと子供たちが歓声をあげている。我先にとテーブルに座ろうとしているのだろう。パタパタと走る足音がした。

「食べてていいぞ。パパはおかわりを焼いてるからな。晴馬、おかわりはあるから、悠馬の分を取るんじゃないぞ。ママの分ができたらみんなでママを起こしにいこう」

晃介の声を聞きながら、葵は今まさに幸せの中心にいると感じていた。

愛する人がそばにいて、美味しいものを一緒に食べて笑い合う。それだけのことがどれほど尊くて大切なことなのか葵はよく知っている。

もう絶対に手放さないといつも心に留めていた。

「晴馬、もう食べたのか？　じゃあもう少しで焼けるからこっちへおいで。悠馬の分もあるからな」

優しく子供たちに話しかける愛おしい人の声を聞きながら、葵はまた眠りに落ちた。

了

特別書下ろし番外編

ハッピーウエディング

葵と晃介の結婚式は郊外の小さなゲストハウスで執り行われた。

ふたりの仕事の関係で時期としては一番寒い季節になってしまったが、当日は、日差しが暖かな日だった。

肩周りから手首まで細やかなレースがあしらわれた真っ白なドレスを身に着けて、葵は廊下をゆっくりと歩いている。式場のスタッフが裾を持ってくれていても、慣れない格好に気を抜いたら裾を踏みつけてしまいそうだ。

「新郎さまのお支度はお済みですから、控室でお待ちですよ」

隣を歩いているプランナーの言葉に葵は頷いた。

「ありがとうございます」

本来なら新郎と新婦の控室は別だが、ふたりの場合は子供たちがいる。だから同室にしてもらっているのだ。

「ふふふ、すっごくお綺麗ですから、驚かれるでしょうね。きっと感激されますよ」

プランナーからのお世辞に、葵は頬を染める。

「どうかな……」

衣装合わせには晃介も立ち会った。でも彼の仕事の関係でメイクやヘアアレンジの打ち合わせなどは葵ひとりだったから、この姿を見られるのははじめてなのだ。

いつもとまったく違う葵に驚くかもしれないが感激するかどうかは……正直言って自信がなかった。少し伸びた癖のある髪はヘアメイクの担当者と相談してダウンスタイルにすることにして右肩から流している。小さな花が散りばめられているスタイルは、葵自身は気に入っているけれど……。

「ふふふ、お姫さまみたいです」

プランナーがまた大袈裟なことを言った時、控室につく。

扉を開けてもらい、葵は足を踏み入れる。うららかな日の光が差し込む部屋で、晃介が振り返った。目を開いて言葉を失っている。瞬きを二回三回、ゆっくりとこちらへやってきて、両腕を広げた。

「葵、綺麗だ」

「晃介こそ……、カッコいい」

プランナーもスタッフもいるというのに、葵は思わずそう口にした。そのくらい今日の彼は素敵だった。

今彼が着ているモーニングコートは葵のドレスに合わせたものだが、ダークブルーがこれ以上ないくらいに似合っている。

普段とは違いきっちりとなでつけられた黒い髪、胸のポケットから覗くスカーフも、なにもかもがカッコいい。こんなに素敵な人と、今これから結婚式を挙げるということがなんだから信じられないような気分だった。

「それでは、開始のお時間になりましたらお迎えにあがります」

プランナーとスタッフが微笑んで、部屋を出ていく。人目のあるところで思ったことをそのまま口走ってしまったのを恥ずかしく思いながら、葵は彼女たちを見送った。

そして晃介に向き直る。

「子供たちは？」

式が始まるまでは、この部屋で待機しているはずの子供たちと大介、それから母の姿がない。

晃介が窓の外に視線を送った。

「退屈してたから、お義母さんと父さんがシッターさんと中庭で遊ばせてくれてる。俺は葵が戻ってくるから待ってろって言われて」

小さな双子と一緒の結婚式はなにが起こるかわからないから、ベビーシッターをお願いした。大介と母は双子の面倒は自分たちが見るからその必要はないと言ったが、念のためである。

病状は安定しているとはいえ、無理できない身体の母と、リハビリが順調だとはいえ歩行にやや不安がある大介だ。

「そうなんだ」

答える葵の髪に晃介の手が伸びてきて、触れるか触れないかのところでぴたりと止まった。式に向けてセットしてあるから、触って崩してはいけないと思ったようだ。

キュッと手を握り彼は照れたように微笑んだ。

「本当に綺麗だ、葵」

葵はホッと息を吐いた。

「ありがとう、よかった。普段はこんなメイクしないから、なんか不思議な感じがして。変に思われたらどうしようって思ってたの」

ジッと見つめる彼の視線が恥ずかしくて、うつむいて答えた。

「変じゃないよ、無茶苦茶綺麗だ。……なんか、触っちゃいけない宝石みたいな感じだな」

髪に伸びていた手が頬にそっと触れる。

「触ってるじゃない」

恥ずかしいのをごまかすようにそう言うと、彼は目を細めた。

「うん、ちょっとだけ。我慢できなくて。やっぱり式は、身内だけにしておけばよかったかな」

「え？　どうして？」

「こんなに綺麗な君を誰にも見せたくない」

呑気なことを言う晃介に、葵は「もう」と呟いて彼の胸を拳で優しく叩いた。

今日の式に誰を招待するのかは、ふたりにとって、少し難しい問題だった。

晃介の職場はすなわち葵の元職場だからだ。

大介のせいだとはいえ、葵は挨拶もせずに辞めている。彼らがそのことについてどう思っていたかはわからなかったが、祝福してもらうという状況にないのは確かだったからだ。

さらに言うと身内が少ない葵と晃介との差もあるから、家族だけでというのが無難な選択だったし、晃介もそれでいいと言ってくれた。

だけどその話が出た時に彼は思うところがあったようで、式はともかくとして葵が誤解されたままは嫌だと言い、職場で丁寧に説明してくれたのだ。

三年前まで葵と付き合っていたこと。

父親の圧力により彼女は辞めなくてはならなかったこと。

大介自らが皆にこのことを伝えるように言っていて、今はふたりの結婚を認めて謝罪し、葵とも和解していること。

とはいえ、すべては自分の不徳の致すところだと言ってくれて、職場を辞めてから連絡を取れなくなっていた元同僚や先輩たちと葵とのやり取りを再開できるようにしてくれたのだ。

そしてようやく葵は皆に謝罪できたのである。

その葵に、皆、仕方がないと言ってくれた。当時の大介の病院に対する影響力を知っているからである。

そして関係が改善されたことをきっかけに、招待客を増やすことにしたのだ。

なんといっても晃介は白河病院の将来を担う人物なのだ。人脈や院内での人間関係は大切にするべきだ。

「誰も私なんか見てないよ」

頬を染めて葵は言った。

むしろ今日は、晃介の方が注目を集めるだろう。ある同期がおしえてくれた話では、かつての先輩たちの中には出席するにあたって、新郎姿の晃介を楽しみにしている者もいるという。

悔しいけど、見てみたい。切ないけど、楽しみだ、という心境なのだという。

もともと素敵な人だけど、今日は、普段の白衣姿とは違うモーニングコートスタイルな分、その魅力は破壊力抜群のはずだ。葵にだって彼をひとりじめしたいという気持ちはあるのだから、正直いって気持ちとしては複雑だ。

それなのにその張本人である晃介は、呑気なことを言っている。

「父さんの見舞いに来た時に会った研修医の彼なんか、可愛い奥さんだったって医局で言って回ってたんだ。……あいつは招待しない方がよかったかな」

まるで子供みたいなことを言う晃介に、葵は呆れてしまう。

「もう、晃介。そんなこと言っちゃダメよ」

「わかってるって、そのくらい可愛いってことだよ」

そう言って彼はまた葵の頬にそっと触れる。そして真っ直ぐな眼差しを葵に向けた。

「愛してるよ、葵。一生大切にする。もう絶対に離さない」

「晃介……」

突然、愛の言葉を口にした晃介に、葵は少し驚いて瞬きをする。

晃介がフッと笑った。

「誓いの言葉の練習だ」

葵の胸に温かいものが広がった。

「うん……。私も、絶対に離れない。ずっとずっと晃介のそばにいる。愛してる」

真っ直ぐに彼を見つめて、皆の前では言えないような少し情熱的な誓いの言葉を口にする。

晃介が葵の肩に手を置いて、ゆっくりと近づいてくる。胸いっぱいの幸せな気持ちに浸っていた葵はハッとして彼のシャツを両手で押した。

「こ、晃介、ダメよ。メイクが取れちゃう」

このままだとキスをされてしまうと気がついたからだ。

頬に少し触れるだけならまだしも、唇にキスされたら、丁寧に塗ってもらったリップがとれてしまう。

でも晃介は止まらなかった。

「誓いのキスの練習だよ。メイクはあとでお願いして直してもらえばいい。式の間中メイクさんはそばにいてくれるんだろう？」

「そうだけど……そんなのダメよ。さっきふたりきりになったのを見られてるのよ。

キスしたってバレちゃうかも……」

そしたら、本当に今日結婚する正真正銘の新郎新婦というわけではなくもう子供まで

いる夫婦だというのに、こんな少しの時間も我慢できなかったのかと呆れられてしまうだろう。


「バレたって俺はかまわないけど」

言いながら近づく晃介の唇を葵は必死になって止めようとするが、腰と肩に腕を回されてあっという間に抱き込まれてしまう。せっかく綺麗にセットしてもらった髪を乱したくなくてあまり動けない葵は、彼のなすがままだ。

さらにいうと。

「少しだけだから」

大好きな彼の香りに包まれて、至近距離で囁かれては決心が鈍ってしまう。

「ほらもう諦めて」

「で、でも……」

言いかける葵の唇が後少しのところで、奪われようとした――

その時。

「まんまー!」

「パパー!」

元気な声とともに勢いよくドアが開き、タキシード姿の晴馬と悠馬が部屋に飛び込んできた。

晃介がぴたりと止まり、フッと笑って少し離れる。

葵の心臓は飛び出てしまいそうだった。子供たちに見られてはいけない場面を見られるのは後少しのところで回避できた。でもだからといってそれでいいとはいえないだろう。だって子供たちが帰ってきたということは……。

葵は恐る恐るドアの方に視線を送る。くすくす笑う母と、気まずそうに咳払いをして目を逸らす大介が立っていた。


ちょろちょろというお湯が湯船に注ぐ水音だけが響く静かな夜の露天風呂で、葵は肩まで湯に浸かりホッと白い息を吐いた。

昼間は暖かいと思ったが、さすがに夜は冷える。

「いい式になったな」

後ろから葵を包むように抱きしめて晃介が耳に囁いた。

「うん、子供たちと一緒の最高の式だった。私、今日のこと一生忘れない」

葵も小さな声で答えた。

結婚式は無事に終わり、葵と晃介は式場に隣接されたホテルでふたりきりの夜を過ごしている。今日くらいは子供たちを預かるよと母が言ってくれて実現したつかの間のハネムーンである。

一晩子供たちと離れるなんてはじめてだから本音をいえば少し寂しい。でもこうやって部屋についている露天風呂に晃介と一緒に入れるのだから、やっぱり甘えてよかったと今は素直に感謝していた。

湯に浸からないようにまとめている葵の髪にキスを落として、晃介が口を開いた。

「今日の葵の髪、綺麗だった」

葵はふふふと笑みを浮かべた。

「ちょっと恥ずかしいけど、メイクさんに晃介が私の髪を好きなことを話したの。そしたらまとめるよりも流した方がいいって提案してくださって」

「大正解だ。よく似合ってたよ。……式の間中無性に触りたくてたまらなかったけど」

「もうっ！」

葵は噴き出してそのまま笑いが止まらなくなってしまう。一緒に住むようになってから一年が経つけれど、彼のこんなところは相変わらずだ。

「晃介がこんなに女の人の髪が好きだなんて知ったら皆驚くんじゃないかな。外では変なこと言わないでね？」

少し心配になって釘を刺すと晃介が首を横に振った。

「いや俺はべつに女性の髪が好きなわけじゃないよ。葵の髪が好きなだけだ。……でもそうだな、どうして俺はこんなに葵の髪が好きなのかな」

そう言って考え込んでしまっている。

葵が振り返ると、「そうか」と声をあげた。

「あの夜だ」

「……あの夜？」

「葵がはじめて俺のマンションに来た夜だ」

晃介の告白に葵が頷いて正式に付き合うことになった夜のことだ。

「あの時、はじめて俺は葵が髪をおろしてるところを見た。可愛いなって思ったよ。あたりまえだけど、仕事中はきっちり結んでいるだろう？　葵がくせ毛だってことも職場の誰も知らないんだと思ったら、いろいろ止められなくなった」

「い、いろいろ……」

はじめて彼のマンションへ行った夜の出来事を思い出して葵は呟いた。

「きっとあの時に、俺の中で葵の髪が特別なものになったんだな」

そう言って彼は葵のうなじに口づける。

「今も、この髪を早く解きたくてたまらない」

彼の熱い唇が耳を甘噛みする感覚に、葵の身体がぴくん震えてちゃぷんちゃぷんとお湯が鳴る。晃介が囁いた。

「今夜は思い切り葵を愛せる、久しぶりの夜だ」

その言葉に、葵は目を見開いた。思い切り、なにやら不穏な言葉だった。夫婦として触れ合う夜、いつも彼は情熱的に葵を抱く。それで葵は十分すぎるほど、愛を感じられるというのに。まさか今まで手加減していたとでもいうのだろうか？

「お、思い切りって……？　こ、晃介？」

恐る恐る尋ねると、彼はさらに驚くべきことを言う。

「いつもは君が寝た後、子供たちを見る必要があるから俺は余力を残してないといけないんだけど。今夜はその必要はないからね」

「よ、余力って、う、嘘でしょう⁉」

葵は思わず声をあげた。

「嘘じゃないよ。俺はいつも君が寝た後は子供たちの部屋と君のベッドを行ったり来たりする」

「そ、そうじゃなくて……！」

葵はそこを疑っているわけではない。そうではなくて！

「だっていつも、あ、あんなに……！」

「あんなに？」

聞き返されても答えられない。そんな恥ずかしい言葉を口にできるはずがなかった。

でもこのままでは大変なことになってしまう。余力を残してあれだったら、今夜は
いったいどうなってしまうのだろう。耳を楽しむ彼の唇から逃れるように身を引いて、
葵は直接的な言葉でお願いをする。

「こ、晃介。て、手加減してね？　ほら、明日は午前中に帰らなくちゃならない
し……！」

晃介が葵の顎に手を添えて、にっこりと微笑んで愛の言葉を口にする。

「葵、愛してるよ」

……でも頷いてはくれなかった。

了

あとがき

この度は『双子を極秘出産したら、エリート外科医の容赦ない溺愛に包まれました』をお手に取っていただきましてまことにありがとうございます。お楽しみいただけましたでしょうか。

今回はある事情から彼の愛には応えられないと逃げるヒロインを、ヒーローが必死に追いかける物語です。今回のヒロインは双子を育てていますから、ヒーローは男性としてカッコいいだけでなく素敵パパでなくてはなりません。そこのところを念頭に置いて気合を入れて書きました。結果、私にとっては理想の旦那さん像になったかなと思い満足しています。

お気に入りは、ヒーローがヒロインの髪に並々ならぬこだわりを持っているところ。ドライヤーのシーンを書くのは最高に楽しかったです。番外編では、なぜ彼がそこまでヒロインの髪にこだわるのか?というところまで書きましたのでご覧いただけると嬉しいです。ただの変態ではないのですよ!

さて今回カバーイラストを担当してくださったのはうすくち先生です。

葵と晃介も素敵ですが、なにより双子をとーっても可愛く描いてくださいました！　ヒロインの子どもを双子にするかどうかは迷いました。ちょこまか動く双子を書くのが難しそうですから。でも双子だとカバーイラストが可愛くなるよと担当さんにおしえていただき、ならばと思いチャレンジしたのです。その通りになったので、やってよかったと思っています。

うすくち先生ありがとうございました！

また、この作品を出版するにあたりまして、関わってくださったすべての方に御礼を申し上げます。とくに編集担当者さま、編集協力担当者さまには有益なアドバイスをたくさんいただきました。サイト版よりもぐんと魅力をアップさせて出版できたのはおふたりの力添えの賜物です。ありがとうございました！

そして最後になりましたが、私の作品を応援し読んでくださる皆さまに感謝申し上げます。これからもひとつひとつの作品を大切に、少しでも楽しんでいただけますよう精進いたします。ありがとうございました。

皐月（さつき）なおみ

皐月なおみ先生への
ファンレターのあて先

〒104-0031
東京都中央区京橋1-3-1
八重洲口大栄ビル7F
スターツ出版株式会社　書籍編集部　気付

皐月なおみ先生

本書へのご意見をお聞かせください

お買い上げいただき、ありがとうございます。
今後の編集の参考にさせていただきますので、
アンケートにお答えいただければ幸いです。

下記URLまたはQRコードから
アンケートページへお入りください。
https://www.berrys-cafe.jp/static/etc/bb

双子を極秘出産したら、エリート外科医の
容赦ない溺愛に包まれました

2023年3月10日　初版第1刷発行

著　　者　皐月なおみ
©Naomi Satsuki 2023

発行人　菊地修一

デザイン　hive & co.,ltd.

校　　正　株式会社文字工房燦光

編集協力　森岡悠翔

編　　集　須藤典子

発行所　スターツ出版株式会社
〒104-0031
東京都中央区京橋1-3-1　八重洲口大栄ビル7F
TEL　出版マーケティンググループ　03-6202-0386
(ご注文等に関するお問い合わせ)
URL　https://starts-pub.jp/

印刷所　大日本印刷株式会社

Printed in Japan

乱丁・落丁などの不良品はお取替えいたします。
上記出版マーケティンググループまでお問い合わせください。
定価はカバーに記載されています。

ISBN 978-4-8137-1404-0　C0193

ベリーズ文庫 2023年3月発売

『剛腕御曹司は飽くなき溺愛で傷心令嬢のすべてを満たす～甘くとろける熱愛婚～』 滝井みらん・著

社長令嬢の優里香は継母と義妹から虐げられる日々を送っていた。ある日、政略結婚させられそうになるも相手が失踪。その責任を押し付けられ勘当されるも、偶然再会した幼馴染の御曹司・尊に再会し、一夜を共にしてしまい…!? 身も心も彼に奪われ、気づけば溺愛される毎日で——。

ISBN 978-4-8137-1402-6／定価737円（本体670円＋税10%）

『俺様御曹司のなすがまま激愛に抱かれる～偽りの婚約者だったのに、甘く娶られました～』 高田ちさき・著

浮気されて別れた元彼の結婚式に出て、最悪の気分になっていた未央奈。そんな時見るからにハイスペックな御杖に出会い、慰めてくれた彼と甘く激しい夜を過ごす。一夜限りの思い出にしようと思っていたのに、新しい職場にいたのは実は御曹司だった御杖で…!? 俺様御曹司に溺愛される極上オフィスラブ！

ISBN 978-4-8137-1403-3／定価726円（本体660円＋税10%）

『双子を極秘出産したら、エリート外科医の容赦ない溺愛に包まれました』 皐月なおみ・著

ある事情から秘密で双子を出産し、ひとりで育てている葵。ある日息子が怪我をして病院に駆け込むと、双子の父親で脳外科医の晃介の姿が！ 彼の子であることを必死に隠そうとしたけれど——「君が愛おしくてたまらない」再会した晃介は葵と双子に惜しみない愛を注ぎ始め、葵の身も心も溶かしていき…!?

ISBN 978-4-8137-1404-0／定価726円（本体660円＋税10%）

『離婚直前、凄腕パイロットの熱烈求愛に甘く翻弄されてます～旦那様は政略妻への恋情を止められない～』 一ノ瀬千景・著

大手航空会社・JG航空の社長に就任予定の叔父を支えるため、新米CAの美紅は御曹司でエリートパイロットの桔平と1年前に政略結婚した。叔父の地盤も固まり円満離婚するはずが、桔平はなぜか離婚を拒否！ 「俺は君を愛している」——彼はクールな態度を急変させ、予想外の溺愛で美紅を包み込んで…!?

ISBN 978-4-8137-1405-7／定価726円（本体660円＋税10%）

『職業男子図鑑【ベリーズ文庫溺愛アンソロジー】』

ベリーズカフェの短編小説コンテスト発の〈職業ヒーローとの恋愛〉をテーマにした溺愛アンソロジー！4名の受賞者（稗島ゆう子、笠井未久、蓮美ちま、夏目若葉）が繰り広げる、マンガ家・警察官・スタントマン・海上保安官といった個性豊かな職業男子ならではのストーリーが楽しめる4作品を収録。

ISBN 978-4-8137-1406-4／定価715円（本体650円＋税10%）

ベリーズ文庫 2023年3月発売

『ループ5回目。今度こそ死にたくないので婚約破棄を持ちかけたはずが、前世で私を殺した陛下が溺愛してくるのですが2』 三沢(みさわ)ケイ・著

結婚すると死んでしまうループを繰り返していたが、6度目の人生でようやく幸せを掴んだシャルロット。ダナース国王・エディロンとの甘～い新婚旅行での出来事をきっかけに、ループ魔法の謎を解く旅に出ることに！　そんな中シャルロットの妊娠が判明し、エディロンの過保護な溺愛がマシマシになり…!?

ISBN 978-4-8137-1407-1／定価737円（本体670円＋税10%）

ベリーズ文庫 2023年4月発売予定

Now Printing

『【財閥御曹司シリーズ】第一弾』 葉月（はづき）りゅう・著

幼い頃に両親を事故で亡くした深春は、叔父夫婦のもとで家政婦のように扱われていた。ある日家にやってきた財閥一族の御曹司・奏飛に事情を知られると、「俺が幸せにしてみせる」と突然求婚されて!? 始まった結婚生活は予想外の溺愛の連続。奏飛に甘く溶かし尽くされた深春は、やがて愛の証を宿して…。

ISBN 978-4-8137-1414-9／予価660円（本体600円＋税10%）

Now Printing

『タイトル未定（富豪CEO×秘書の契約結婚）』 若菜（わかな）モモ・著

自動車メーカーで秘書として働く沙耶は、亡き父に代わり妹の学費を工面するのに困っていた。結婚予定だった相手からも婚約破棄され孤独を感じていた時、勤め先のCEO・征司に契約結婚を持ちかけられて…!? 夫となった征司は、仕事中とは違う甘い態度で沙耶をたっぷり溺愛！ ウブな沙耶は陥落寸前で…。

ISBN 978-4-8137-1415-6／予価660円（本体600円＋税10%）

Now Printing

『子づくり前提の友情婚ですが、もしかして溺愛されてます？』 紅（くれない） カオル・著

両親が離婚したトラウマから恋愛を遠ざけてきた南。恋はまっぴらだけど子供に憧れを持つ彼女に、エリート外交官で幼なじみの碧唯は「友情結婚」を提案！友情なら気持ちが変わることなく穏やかな家庭を築けるかもと承諾するも──まるで本当の恋人のように南を甘く優しく抱く碧唯に、次第に溶かされていき…。

ISBN 978-4-8137-1416-3／予価660円（本体600円＋税10%）

Now Printing

『クールな御曹司は離婚前提の契約妻を甘く愛して堕とす』 黒乃（くろの） 梓（あずさ）・著

OLの瑠衣はお見舞いで訪れた病院で、大企業の御曹司・久弥と出会う。最低な第一印象だったが、後日偶然、再会。瑠衣の母親が闘病していることを知ると、手術費を出す代わりに契約結婚を提案してきて…。苦渋の決断で彼の契約妻になった瑠衣。いつしか本物の愛を注ぐ久弥に、瑠衣の心は乱されていき…。

ISBN 978-4-8137-1417-0／予価660円（本体600円＋税10%）

Now Printing

『不倫アンソロジー』

ベリーズ文庫初となる「不倫」をテーマにしたアンソロジーが登場！ 西ナナヲの書き下ろし新作『The Color of Love』に加え、ベリーズカフェ短編小説コンテスト受賞者3名（白山小梅、桜居かのん、鳴月齋）による、とろけるほど甘く切ない禁断の恋を描いた4作品を収録。

ISBN 978-4-8137-1418-7／予価660円（本体600円＋税10%）

タイトル、価格等は変更になることがございますのでご了承ください。